ME VOY MAÑANA

Novela Romántica (Maelstrőm 3)

KIMBERLY JOHANSON

ÍNDICE

©Copyright 2021 por

Kimberly Johanson

ISBN: 978-1-63970-033-2

 Creado con Vellum

PASADO, FUTURO

NOVELA ROMÁNTICA

Maelström 3

Sarah se alejó de su ex-marido, su respiración se contuvo y se atoró en su garganta. La sonrisa de él parecía amable, pero sus ojos lucían fijos y muertos. Él estaba cambiado. Más duro. Su cara, una vez delgada, estaba regordeta y su cabello era más fino.

Él dio un paso hacia ella, puso sus manos sobre sus hombros y cuando ella trató de quitárselo de encima, él apretó su agarre.

'No seas tonta, Sarah, ¿por qué luces asustada? Soy yo.'

Su voz, *Dios*, hasta su voz la asustaba, tan suave como era, casi en un susurro tierno. Podía oler su jabón de pino.

'Dan... ¿Qué quieres?' aún más que saber *'¿Dónde demonios has estado?'* ella quería saber *eso* ¿Qué quería él con ella, en este momento?

Dan se inclinó y la besó suavemente antes de que ella pudiera escaparse. Pasó un dedo por la mejilla de ella.

'¿No es obvio, mi querida nena? Te quiero a ti, Sarah, te quiero de vuelta.'

Ella se quedó mirándolo con horror y su corazón latió fuertemente en su pecho. 'No, no...'

Los ojos de él se oscurecieron, su sonrisa se aplanó en una delgada línea. 'Somos marido y mujer, Sarah.'

Ella se liberó y fue a presionar el botón de llamada. 'Estamos divorciados, Dan. Me divorcié de ti después de que fingiste tu propia muerte y me abandonaste. Sal de aquí o voy a llamar a seguridad para que te saquen.'

Él dio un paso hacia ella, sosteniéndola contra la pared, inmovilizándola con su pesado cuerpo; ella podía sentir el calor de él, el olor de su piel.

'Dan... Por favor.'

'Chis, pequeña, chis. ¿Sabes cómo es esto? Voy a perdonar que le abriste tus piernas a ese millonario, pero ahora, seamos honestos...' Su sonrisa era aterradora. El miedo era como hielo en sus venas.

'Tú eres *mía*, Sarah, mía para siempre... no voy a dejar que nadie más te posea, querida mía,... nunca más...'

Y él presionó sus labios contra los de ella...

Ella lo empujó, la violencia de la repulsión generó su fuerza. 'No vuelvas a poner tus manos en mí otra vez... *Raymond.*' Escupió su nombre, ahora los ojos de ella brillaban de ira.

Dan se limitó a sonreír. 'Así que has estado hurgando un poco, ¿no? Bueno...' Se sentó en la cama. 'Supongo que deberíamos jugar limpio entonces.'

Sarah dio una risa hueca. '¿Sabes qué? No me importa. No me importa cuál sea tu nombre real o dónde diablos has estado estos últimos dos años. Toda nuestra vida juntos fue una mentira y un error que nunca voy a repetir.'

El hombre con el que ella estuvo casada era un extraño y era, en este momento, ese desconocido parado frente a ella, con una sonrisa en su cara, su agresión aparentemente desaparecida. 'Puedo ver que estás molesta, querida. Voy a volver cuando te hayas calmado.'

'No te molestes. Mi prometido estará aquí pronto.'

'Tu *prometido*,' se burló él, 'Prostituyéndote con un multimillonario, oh sí, tienes *mucha* clase, Sarah. Supongo que de tal palo, tal astilla.'

¡*Zas*! La palma de la mano de ella hizo contacto con la cara de él y su cabeza giró bruscamente. Él le agarró la muñeca, la miró con ojos de asesino. 'Ten cuidado, Sarah. Mi paciencia tiene un límite.'

'Fuera de aquí.' La adrenalina que pulsaba a través del cuerpo de ella hizo de sus palabras un gruñido. Dan sonrió, le soltó su brazo y se volvió para salir. Ya en la puerta, se detuvo y sus ojos recorrieron de arriba a abajo el cuerpo de ella, de una manera tal que la hizo sentirse enferma.

'Ok. Por ahora, me mantengo afuera. Cuando te sientas mejor, hablaremos. Tenemos mucho de qué hablar, querida. Queda tanto por decir.'

Al segundo que se fue, Sarah se dejó caer en la cama, respirando con dificultad, su mente deliraba con pánico, miedo, tristeza y... ella logró pulsar nuevamente el botón de llamada antes de sucumbir completamente a un ataque de pánico.

Isaac estaba escuchando el sonsonete de los contadores cuando Maggie, con el rostro tenso y preocupado, llamó a la puerta. Isaac se excusó y salió al pasillo con ella. Sin decir una palabra, Maggie le entregó una copia de un correo electrónico. Él la leyó dos veces antes de volverse a ella.

'Mierda' él resopló. 'Esto es lo último que necesito ahora.'

'Lo sé. Isaac, escucha, hay algo más: el hospital llamó hace unos minutos; Sarah ha tenido un pequeño revés. Ahora, no te preocupes, ella está molesta por algo, pero no dice acerca de qué. Ellos no están seguros si algo sucedió o es el resultado de su conmoción cerebral. Dijeron que no hay necesidad de preocuparse y que ella está bien ahora, pero pensaron que deberías saber.'

Isaac sintió que se le encogía el estómago y volvió a mirar a sus compañeros, quienes esperaban expectantes por él. No podía deshacerse de otra reunión. Él suspiró. 'Mira, tengo que volver allí. Cancela la reunión con los chicos de marketing, eso sí puede esperar, y en cuanto a esto...' estrujando el papel 'estoy a favor de ignorarlo.'

Él podía ver los labios fruncidos de Maggie con desaprobación pero ella asintió y volvió a su oficina. Isaac se dispuso a regresar a su reunión, pero en la puerta, se detuvo por un momento. *Maldita sea, maldita sea. No ahora*, pensó, *no mientras toda esta basura está pasando.* El correo electrónico lo atormentaría, él lo sabía, pero siempre y cuando solamente él supiera sobre su contenido, todo estaría bien...

Se convenció a si mismo sobre esa verdad, respiró hondo y volvió a entrar en la reunión.

A pesar de su ataque de pánico, Sarah fue dada de alta en el hospital la semana siguiente. No le había contado a Isaac sobre Dan todavía —ella quería estar en casa, con él, cuando lo hiciera- ella tenía miedo de que él explotara y empeorara las cosas. Todo lo que ella quería, por el momento, era estar cerca de sus brazos, sentir la piel de él en su piel, y que el resto del mundo desapareciera.

Isaac la llevó de vuelta a su apartamento —'nuestro apartamento', insistió él con una sonrisa- y ella había pasado un maravilloso par de semanas en recuperación, leyendo, conversando en la visita de Molly y Finn. Ahora Isaac y Sarah estaban en su inmensa bañera, velas acumuladas en el alféizar de la ventana. Ella se recostó contra su sólido pecho, disfrutando la sensación de subir y bajar con su respiración, los labios fríos de él en su sien. Sus moretones estaban sanando y su cabeza se sentía clara. Sólo un mareo de vez en cuando le recordaba el ataque, pero ahora, con los brazos de Isaac a su alrededor, se sentía mejor que en las semanas anteriores.

Volvió la cabeza para besarlo. 'Tus brazos se sienten tan bien a mi alrededor, pero creo que tus manos deberían estar más ocupadas.'

Isaac emitió una risa gutural. 'Tú crees, ¿no? ¿Así?' Él trazó suavemente un círculo alrededor de su vientre y ella se estremeció.

'Sí justo así y ¿quizás tu otra mano podría ir un poco más lejos, hacia el sur?'

'Oh, ¿a México?' Él trazó entonces la línea de su hueso púbico, sonriendo mientras ella se retorcía de placer. 'O quizás estabas pensando más hacia Perú...' Su mano se deslizó entre sus piernas y ella gimió mientras él pulsaba su clítoris, entonces ella abrió más los muslos.

'Sarah... ¿estás segura de que estás lista para esto?'

Ella se quedó sin aliento cuando los dedos de él se deslizaron dentro de ella. 'Muy segura,' respiró ella y gimió suavemente mientras él movía sus dedos dentro y fuera de ella. Podía sentir su pene engrosándose, su longitud caliente presionando contra su espalda. Él cogió el lóbulo de la oreja de ella entre sus dientes, mordiéndolo antes de soltar una risa baja.

'Se siente tan bien,' murmuró él, 'tan, tan bien... mi pene quiere estar dentro de ti, bebé, está duro para ti, ¿puedes sentirlo?'

Ella asintió con la cabeza, casi tan encendida por su charla sucia como estaba por sus caricias dentro y fuera de ella.

'Bueno,' dijo él, 'Ahora date la vuelta, bebé. Quiero chupar tus pezones mientras te tomo.'

El corazón le palpitaba, las mejillas encendidas con la excitación, Sarah hizo lo que él le pidió, se dio la vuelta rápidamente y se montó sobre él. Su pene estaba tieso como un palo sobre su vientre y ella lo acarició mientras él separaba los pliegues suaves y húmedos de sus labios vaginales y la colocaba encima de él. La suave y amplia cresta de su miembro empujó en la entrada de su vagina, burlándose de ella. Sarah clavó las uñas en los pectorales de él mientras él sonreía ante su impaciencia, luego él agarró sus caderas y la clavó en su dureza. Tomó su pezón en la boca mientras ambos se movían lentamente, lo chupaba, remarcando su sensible protuberancia, sintiendo que se endurecía bajo el movimiento de su lengua.

Sarah, con un brazo enroscado alrededor del cuello de él, con sus dedos enredados en su pelo, alcanzó con su mano libre sus testículos ahuecándolos en su mano, masajeándolos suavemente. A medida que crecía su excitación, ella comenzó a moverse más rápido, empujándose a sí misma sobre su pene, con ganas de llevarlo más adentro, sintiendo su enorme tamaño ensanchándola, tomándola, perforándola profundamente. Isaac se movió de repente, manteniéndola sujeta a él, cayendo fuera de la bañera, presionando su cuerpo húmedo y resbaladizo contra la losa del piso del baño, con las manos plantadas a ambos lados de su cabeza, clavándose con ferocidad en ella. Sus ojos se encontraron y en ese instante, nada más en el mundo existía.

'Acaba afuera en mi piel,' susurró ella, su espalda se arqueó hacia él, su vientre contra el cuerpo de él mientras ella jadeaba y gemía a través de su orgasmo. Isaac se sintió a sí mismo llegar a la cima y se retiró, bombeando su semen blanco y cremoso sobre la piel de ella, la suave piel de su vientre, la fruta madura de sus pechos. Lo refregó en su piel a petición de ella antes de que sus cuerpos se entrelazaran juntos.

Ellos yacían uno al lado del otro, sin preocuparse del frío suelo; el calor de sus cuerpos y su ofuscado sexo era suficiente.

Isaac acariciaba con un dedo su rostro. '¿Sabes qué? Iba a hacerlo a la manera tradicional e hincarme en una rodilla para pedirte que te cases conmigo, pero he decidido que la única manera de hacerlo es cuando estoy dentro de ti.'

Sarah le sonrió. 'Si hubiera una forma en que tu pene estuviera dentro de mí todo el día, todos los días, yo sería muy feliz.'

Isaac se echó a reír. '¿Cómo funcionaría eso, exactamente?'

Ella lo consideró por un momento. 'Caminaríamos como los cangrejos.'

'Y usaríamos una hoja grande con un agujero en la parte superior de la cabeza.' Ambos se imaginaron como se verían así y se echaron a reír.

Sarah suspiró feliz. Esto, esto es lo que era real. Ella y él. Él y Ella. Isaac y Sarah. Esa era su historia a partir de ahora.

MÁS TARDE, CUANDO ISAAC ESTABA DORMIDO, SARAH MIRABA hacia el techo y se preguntaba si sería más fácil solo salir de la isla. Dejar todo atrás. Incluso la cafetería. No era como si ella no podía permitirse el lujo de empezar de nuevo –por fin había dado su consentimiento a que se leyera el testamento de George. Había heredado todo: su casa, su negocio, y la pequeña fortuna que le había dejado. Esa había sido la mayor sorpresa. Había salido de la oficina del abogado si no millonaria, al menos muy cercana a ello. Una oferta generosa había sido hecha sobre el restaurante y ella había aceptado, ya que de alguna manera quería librarse del compromiso extra que eso le daba.

Ella ya había conversado la venta de la cafetería a Molly antes –cuando Dan se había ido originalmente. En ese entonces ella había querido huir de las miradas y los chismes. Ahora, sin embargo, pensó, con el dinero de George, tenía otros planes, planes que se había formulado durante su estancia en el hospital. Isaac le había pedido que se mudara a este apartamento con él y ella había estado de acuerdo –con la condición de que ella pagara la mitad de todo. Isaac había entornado sus ojos –y sabía que de alguna manera él se zafaría de esa- pero ahora, después del ataque, a ella no le importaba nada, solo alejarse, empezar de nuevo. Ella le daría la cafetería a Molly —su amiga merecía cada gramo de buena suerte que llegara en su camino. En cuanto a la casa —si Dan armaba un alboroto sobre el acuerdo de divorcio, ella le diría que podía tenerla. Ella nunca querría regresar allí de nuevo. Si Dan no la quería, entonces ella la vendería. Finn podría tener la casa de George si la quería. Por el momento, él estaba viviendo en el pequeño apartamento encima de la cafetería donde se guardaban los materiales de construcción. Sarah sonrió para sí misma —él estaba libre de *Caca-line* por fin.

'Maldición, ¡ya era hora!' susurró. Finn había ido a visitarla en el hospital y él ya lucía más feliz, más saludable.

Excepto porque... había algo diferente en la forma en que la miraba. La forma en que había sostenido su mano. Se le había hecho —no incómodo- pero si confuso. Él la miró como si quisiera decirle algo, algo que cambiaría su relación para siempre —y Sarah esperaba más allá de toda esperanza que no fuera lo que ella pensaba que podía ser.

No tenía ninguna duda del amor de ella por Isaac —y entonces le echó una mirada rápida a su cara dormida y ella sonrió- pero a Finn... ella lo quería, indudablemente, pero ¿algo más que eso? No.

Cuando eran adolescentes, ellos ocasionalmente ligaban en broma, e incluso experimentaron una vez para averiguar lo que sería besarse. ('Guácala' habían acordado.) Ambos pasaron por períodos de gustarse el uno al otro, mientras estaban creciendo —atracción, sobre todo, de intensas hormonas de adolescentes.

Cuando terminaron yendo a la misma universidad, sin embargo, salieron con otras personas —Finn más que ella. Su amistad se había profundizado y ellos podían hablar entre sí sobre el sexo sin sentir vergüenza y Sarah había llegado a confiar en Finn como en la única persona que podía confiar por encima de todos los demás... hasta aquella terrible noche en el otoño de su último año.

Podía recordar todo sobre ese día. Había sabido que Caroline había estado husmeando por Finn desde el comienzo del semestre. Por alguna razón horrible, Caroline los había seguido hasta la universidad y había estado molestándola y criticándola durante el último par de años. Alrededor de Finn sin embargo, ella era muy coqueta y Sarah le dijo a Finn. 'Ella quiere contigo.' Finn se había reído entonces de sus preocupaciones. *'Como si yo fuera a salir con esa perra.'* Y ella le había creído. Un día, después de haber conseguido una bien merecida 'A' en un trabajo en el que ella había luchado mucho, ella sonreía por primera vez en varios días cuando abrió la puerta de la habitación de él. Ellos nunca tocaban a la puerta de cada uno. Y la sonrisa se le congeló en el rostro. Finn estaba desnudo, Caroline encima de él. Lo besaba, fornicaba con él. Caroline se volvió cuando vio a Sarah de pie allí, Finn siguió su mirada. Ambos se miraron fijamente mientras ella estaba allí, cada átomo en su cuerpo gritaba por la peor traición. Caroline sonrió.

Sarah dejó que la puerta se cerrara y se tambaleó por el pasillo, se escondió en el baño de las mujeres toda la noche. Escuchó a sus amigos llamándola, buscándola. Por la mañana, tiró sus cosas en un bolso y corrió a la oficina de admisión. Fue transferida de la universidad, cambió su número de teléfono celular, su correo electrónico. No pudo soportarlo —su mejor amigo, su confidente, Finn, relacionándose con su peor enemigo. Caroline, quién la había llamado a ella con nombres racistas en el patio de recreo, Caroline, con quién había tenido numerosas luchas a puño a medida que crecían. Caroline quién pensaba que el dinero de su papá podía comprar todo lo que sus manos tocaban, incluyendo a Finn. Ella había ganado.

Le había llevado años a Sarah y a Finn reconciliarse hasta el punto en que eran mejores amigos de nuevo. Y ahora...

9

Sarah desechó este pensamiento. De todos sus problemas, este era uno que podía –y debía- ignorar. Si Finn se sentía atraído por ella nuevamente, se le pasaría y en cuanto a todo lo demás, bueno, ella se aseguraría de tratar con Dan de una vez y para siempre.

Se dio la vuelta y se acurrucó en la madriguera caliente de los brazos de Isaac. Él era como un hombre grande con quién ella se sentía siempre pequeña y cuidada en sus brazos. Isaac era el amor. Su amor.

Nadie podría alejarla de él.

Él tenía la sed desesperada por sentir sangre en sus manos. Por sentir la *sangre de ella* en sus manos, pero encerrada en la torre de marfil de Quinn, ella estaba a salvo de él. Por ahora.

En su lugar, optó por otra mujer que se parecía a ella – joven, de origen asiático, hermosa. La siguió a su hogar y para su deleite, encontró que vivía en la isla, un apartamento en la calle paralela a la calle Main. Fue sólo después de que ella había muerto cuando se dio cuenta que él la *conocía*. Eso sólo lo hizo sentirse más contento.

La mató en su apartamento, en su dormitorio. Cuando ella había salido de su coche, se deslizó detrás de ella y usó una jeringa con sedante sobre ella. Era una mujer pequeña y se la llevó con facilidad a su dormitorio. Una rápida mirada alrededor de la habitación le dio a entender que un hombre vivía allí. Mejor. Alguien la descubriría. Entonces, le abrió la blusa, le bajó la falda y esperó.

Mientras esperaba a que ella despertara, se concentró en su cara, tratando de fusionar sus características con la Sarah en su mente. No era difícil –todo lo que él pensaba era Sarah, todo el día, toda la noche.

'Sarah' despertó y él sonrió. Ella abrió los ojos y él le mostró el cuchillo. 'Hola mi amor,' dijo él simplemente y hundió el cuchillo en su vientre.

Una fresca brisa movía las hojas cuando Sarah se bajó del

ferry, de la ciudad hacia el trabajo, a la mañana siguiente. A pesar de sí misma, se sentía optimista. Isaac le había dejado una nota sobre la mesa de la cocina. *Hasta luego, amor mío, cuando regrese voy a hacerte todo tipo de cosas dudosamente legales. Iss X.* Él la había despertado deslizando su pene, duro como el diamante, dentro de ella y ellos habían terminado teniendo una sensacional cogida esta mañana pero aun así, Sarah se estremeció de placer ante la idea de "más tarde". Dios, ella casi quería darle la vuelta al automóvil y volver a la ciudad, correr a su oficina y pedirle a él que la tomara, reclinados sobre su escritorio, siendo perforada por él... *detente.* Ella se movió incómoda en su asiento, sintiendo un latido pulsátil entre sus piernas.

Condujo por la calle Main y se sorprendió de lo llena que estaba. Las personas estaban reunidas en las aceras, sus rostros sorprendidos, curiosos, asustados. Aparcó la camioneta y fue a ver qué pasaba. Se puso de puntillas, estirando el cuello para ver por encima de la multitud. Policías, muchos, muchos policías, la mayoría de los cuales no reconoció, estaban dispersos a lo largo del lado derecho de la calle, una cinta acordonaba alrededor del pequeño edificio de apartamentos en la calle Hammond. Vio a Finn hablando con un tipo de traje al lado de la furgoneta del forense. Sarah se dirigió lentamente hacia el Varsity, tropezando con la gente mientras lo hacía.

'¿Qué está pasando?' Sarah agarró a Molly por la camiseta, mientras ella pasaba con las manos cargadas de café para los policías.

'Lindsey Chung ha sido asesinada, ¿puedes creerlo?' dijo Molly entre dientes, aún en movimiento. Conmocionada, Sarah la dejó ir, observándola mientras repartía a los agradecidos oficiales y técnicos de la policía que la esperaban. Había conocido a Lindsey durante años, era amable con ella. Eran de la misma edad −de veintiocho. La joven abogado se había casado solo hace un poco más de tres años −la boda había sido el último evento social donde Dan y ella habían estado antes de que él desapareciera. Tanto Lindsey como su esposo médico, Tom, eran asiduos visitantes de la cafetería. Buena gente. Tom había ido a verla en el hospital, se sentó con ella. Le dolía el corazón por él. Sarah se movía como autómata a través de la trastienda, dejó caer su bolso sobre el mostrador. La puerta trasera se abrió y Nancy, su barista, la saludó cuando entró, con el rostro compungido. Se abrazó a Sarah. 'Terrible noticia, ¿verdad?'

Sarah la siguió hasta fuera de la cafetería. '¿Cómo ocurrió?'

Nancy frunció el ceño. '¿No sabes? Ella fue asesinada. La apuñalaron hasta matarla allí mismo, en su apartamento. Tom la encontró esta mañana cuando regresó del centro médico. Lo vi con Mike antes, está hecho un desastre.'

Sarah se sintió como si le hubieran dado un puñetazo en el pecho. 'Oh Dios. El pobre Tom, no lo puedo creer.'

Nancy asintió. 'Simplemente desagradable. Nunca había visto tantos policías. Finn no conoce a la mitad de ellos, él se fue a ver a los jefes, a ver si puede ser de alguna ayuda.

Ambas fueron a servir a los clientes seguidamente, la cafetería se volvió muy ocupada en un minuto. Cada conversación que Sarah escuchaba era acerca del asesinato y ella aspiraba esperanzadoramente que la mayor parte de la especulación fuera exagerada. Esa esperanza desapareció cuando vio la cara de Finn mientras el joven jefe hizo su aparición más tarde en la mañana. Molly abrazó a su hermano y él sonrió agradecido, con el rostro herido y cansado. Sarah le sirvió un café grande y le hizo un sándwich. Finn le sonrió a modo de agradecimiento. Esperaron hasta que él hubiera comido, hasta que la cafetería se hubiera vaciado un poco. Finn se limpió la boca con una servilleta y suspiró.

'No puedo decir mucho pero es malo. La policía de homicidios de la ciudad' —miró a Sarah- 'ya has conocido a Cabot, me dijo que los federales se están involucrando. La víctima trabajaba para la Legislatura del Estado. Además, están finalmente tomando la cosa racial en serio.'

Nancy y Sarah intercambiaron una mirada. Sarah aclaró su garganta. 'Entonces piensan...'

Finn asintió. 'Sí. ¿Me hacen un favor ustedes dos? No salgan en la noche por su cuenta.'

Sarah medio sonrió. 'Como si Isaac me dejara. Dios, la hermana me mataría por ese comentario –lo siento-'dijo ella cuando los demás vacilaron 'mala elección de palabras.'

'No', dijo Finn, 'está bien. Mira, hay algo que he estado queriendo decirle a todos. Sarah –cuando murió Buddy- ¿recuerdas que te dije que habían habido asesinatos de otras mujeres de origen asiático, en todo el país?'

Ella asintió con la cabeza, pero los demás miraron pasmados a ambos. '¿Qué demonios?' Molly se puso roja. '¿Por qué demonios no nos dijiste?'

'Debido a que no tenía pruebas de quién creo que podría estar detrás de los asesinatos. Aun no las tengo.'

Sarah se quedó en silencio por un momento y luego asintió a Finn. 'Diles.'

Tomó una respiración profunda. 'Los crímenes de la ciudad. En las islas. Lindsey.' Él puso un trozo de papel sobre el mostrador. 'Ha habido más, durante los últimos dos años. Por todo el país. Diecisiete mujeres de origen asiático. Asesinadas. Durante los últimos dos años, durante el tiempo en que nadie ha sabido dónde estaba Dan, que ha estado haciendo. Todas ellas apuñaladas repetidamente en el estómago, algunas de ellas destripadas. Al igual que George. Al igual que Buddy. Todas las mujeres se ven como Sarah. Creo que él quiere matarla.'

'Oh, Dios mío...' Molly apretó las manos sobre su boca. 'No lo puedo creer. ¿Por qué?'

Sarah negó con la cabeza. 'Él no es lo que todos pensaban que él era, Mol. El Dan Bailey con el que me casé cambió al final –y mucho. Nunca te lo dije...'

'Yo sé que él podía ser controlador y arrogante, pero ¿por qué diablos iba a desaparecer durante dos años, matar a un montón de gente y *luego* decidir, durante todo el proceso, que es su esposa a quién quiere asesinar? ¿Por qué no acaba de matar a Sarah entonces?' Mike levantó la mano para suavizar sus palabras.

'Escucha, escucha,' Molly estaba sacudiendo la cabeza. 'No sabemos si Dan solo quiere comunicarse con Sarah, y mucho menos si quiere matarla. Por lo que sabemos, todo lo que él está haciendo aquí es fornicando con esa serpiente con quién estabas casado.' Ella fijó en su hermano una mirada acerada.

Sarah suspiró. 'Dan *está* de vuelta. Fue al hospital a verme, me dejó bien claro que quiere que yo vuelva. Yo no le di la oportunidad de explicar dónde ha estado o lo que ha estado haciendo. Yo solo lo quería lejos de mí. Odio admitirlo, pero él me asusta. Hay algo... que no está bien con él. Eso no quiere decir que brinquemos todos a sacar conclusiones. Dan no tiene una buena razón para querer hacerme daño –a menos que se haya vuelto loco completamente.'

Molly resopló. 'Bueno, él *durmió* con Caroline.'

'Muchas gracias, hermana,' Finn entornó los ojos y Sarah sonrió.

Finn la estaba observando a ella. '¿Le dijiste a Isaac sobre esto?'

Sarah negó con la cabeza. 'No. Yo iba a hacerlo pero las cosas han mejorado mucho para mí viviendo allá. Me siento más segura. Lo que me lleva a lo que quiero hablar con ustedes.' Miró por la ventana a los policías dando vueltas. 'En realidad, hay cosas más importantes que están pasando hoy, eso puede esperar.'

HABÍA OTRA RAZÓN POR LA QUE SE SENTÍA MÁS SEGURA. La pequeña pistola calibre 22 que tenía en su bolso. Isaac había insistido en que la llevara, tenía todas las cosas legales en regla, y la había llevado al campo de tiro para enseñarle cómo usarla. Odiaba sentirse mejor ahora que la tenía con ella, pero se dio cuenta de que era una protección.

Ella había querido honestamente conversar con Isaac sobre Dan, pero el tiempo que habían pasado en su apartamento había sido tan celestial que ella no había soportado la idea de echar a perder el ambiente.

Ahora, al mirar por la ventana al tumulto afuera, ella se estremeció. En este momento, ¿creía ella a Dan capaz de asesinar? El viejo Dan, el que ella conoció, de quién se enamoró (o eso creía ella) no habría sido capaz. *De ninguna manera*. Podría haber sido arrogante pero tenía un buen corazón. El Dan que ella había enfrentado en la habitación del hospital, el que le daba miedo... ¿pensaba ella que era posible que él *pudiera* matar a alguien? Sí, pero ¿era ese realmente el objetivo final de su juego?

Ella sacudió la cabeza y suspiró. Ella estaba en la cocina del Varsity, haciendo panecillos frescos. Los policías de homicidios, así como Finn y sus adjuntos, habían terminado con todo. Dejó caer dos tazas de harina en un bol y agarró unos huevos. Dejó la puerta de la cocina ligeramente abierta para poder escuchar si Molly necesitaba ayuda. Mientras trabajaba la mezcla, la calma se apoderó de ella. Este era su mundo, su pequeño espacio en el que podía hornear y pensar. Oyó a Molly volver al mostrador, su voz helada.

'Realmente eres un pedazo de mierda ambulante, ¿sabes eso? En vista de que ya no eres la mujer de mi hermano – además, de que fornicas con el ex marido de mi mejor amiga- No siento la necesidad de ser amable contigo, Caroline, incluso si eres un 'cliente provechoso' así que, por favor, vete a la mierda.'

Sarah rio, y escuchó a Caroline, su voz quejumbrosa aumentó con molestia, mientras trataba de guardar las apariencias.

'¿Sabes algo Molly? Siempre pensé que tú y Finn eran *demasiado* cercanos... si sabes a lo que me refiero.'

Sarah salió disparada de la cocina de inmediato. Se interpuso entre su amiga y la pelirroja. 'Es tiempo de que te vayas, Caroline.'

Caroline, con desprecio, la miró de arriba a abajo. 'Hola Sarah, puedo ver tu aureola a través de esa camisa. ¿Sacando mercancía nueva? Supongo que el gen de puta es muy fuerte, ¿no?'

Sarah sonrió, utilizó una línea de Caroline. 'Y lo cualquiera se está mostrando a través de... lo que sea que estás usando, Caroline. ¿Qué *es* eso?' Ella fingió mirar confundida, se dirigió hacia Molly, con las manos extendidas.

Molly pretendió pensarlo. '¿Algo de *Jinetera pa'todos?*'

Sarah chasqueó la lengua. 'No, estoy segura de que es del diseñador −*Miguel Putas*'

Molly resopló. '¿*Putas-lanzadas?*'

'*Puta-Gio de Armani*'

'*Agraciada. Puta-adinerada.*'

Caroline se vio entre ellas. '¿Creen que son tan jodidamente graciosas?'

Sarah y Molly asintieron al unísono.

'Sí, más o menos.'

'Sí.'

Caroline dudó, suspiró, giró sobre sus talones y se fue.

'Siento mucho eso, Saz, hice que se marchara.'

Sarah soltó una risa. 'Querida, no te preocupes, la perra es fuerte en eso. Aun así,' flexionó y se estiró, 'molestarla es como apretar una pelota de estrés. Bueno para el alma.'

Molly asintió con la cabeza. 'Sopa de pollo, de hecho.'

Sarah sonrió y volvió a la cocina. Terminó los panecillos y deslizó la bandeja en el horno. Fijó el temporizador, se lavó las manos y volvió a la tienda.

'¿De qué estaban hablando por cierto?'

Molly dudó, sin mirar a su amiga. Sarah se inclinó para mirarla a los ojos.

'¿Qué?'

Otro silencio.

'¿Milly Molly Mandy?'

'No me llames así.' Pero ella sonreía.

'Vamos, suéltalo.'

Molly se mordió el labio. 'Ella estaba... cacareando acerca de estar embarazada de Dan.'

Sarah hizo una mueca. Una bola de demolición a través del pecho dañaría menos.

'Bien por ella.'

Molly le apretó la mano. 'No hagas caso de esa perra. ¿Realmente quisieras estar embarazada con el hijo de Dan?

Sarah suspiró, el dolor en su pecho aun golpeando en ella.

'No. Pero sería agradable tener hijos de Isaac algún día.'

Ella nunca olvidaría el día en que su ginecólogo le había dicho que nunca podría tener hijos. En ese momento, ella había estado molesta pero no devastada. Había sido después de que Dan desapareció y la única otra persona que sabía era Molly. Sarah había renunciado a ello y fue sólo cuando conoció a Isaac que el arrepentimiento de verdad la golpeó.

'¿Has hablado de eso?'

Sarah negó con la cabeza. 'Realmente no. Tal vez debería —si quiere tener hijos propios, entonces...'

'Todo lo que él quiere eres tú,' dijo Molly con confianza. 'No te preocupes por eso, Isaac sólo te quiere a ti.'

Isaac repitió lo que dijo Molly, casi palabra por palabra.

'Sarah, cariño, por lo que a mí respecta, si decidimos tener hijos —y estoy sinceramente en el medio de si lo hacemos o no lo hacemos- tenemos otras opciones. Hay miles de niños por ahí que amarían tenerte como madre.'

Él estaba sentado en una de las mesas del ahora cerrado Varsity, mirándola, mientras Sarah se movía alrededor de la estancia, encendiendo las lámparas Tiffany, bajando las luces del techo. Ella amaba esta hora del día, la sensualidad del atardecer, cuando la cafetería brillaba con un calor suave, la afluencia se aliviaba, y ella podía relajarse. Ella volvió detrás del mostrador, deslizando un disco en el sistema de sonido de la tienda y un segundo más tarde, la dulce música de Billie Holiday llenó la sala.

"Justo cuando estás cerca, cuando te mantengo firme, entonces mis sueños susurran, eres demasiado hermosa para durar…"

Ella le había pedido a Molly y a Finn que se unieran a ellos para una cena rápida —en la que ella pretendía decirle a Isaac sobre Dan. Ella quería que Finn y Molly estuvieran allí para darle apoyo moral —y para reprimir la ira de Isaac cuando él lo supiera.

Molly había desaparecido en algún lugar, Finn se esperaba que apareciera en cualquier momento por lo que Sarah había aprovechado la privacidad para hablarle a Isaac de su incapacidad para quedar embarazada. Él lo había tomado bien, manifestándole su apoyo, y ella podía decir, al mirar sus ojos verdes suaves, que no había ninguna diferencia en lo que él sentía por ella.

La atrajo hacia su regazo y entonces la besó. 'Tú y yo, Sarah. Eso es todo lo que quiero.'

Ella le devolvió el beso, hundiéndose en su abrazo y luego sonrió cuando sintió su dura erección a través del pantalón. 'Ambicioso soldado, mis hermanos de hecho van a llegar en cualquier momento y no creo que apreciarían el espectáculo.'

Isaac rio entre dientes. 'Sólo espera a que lleguemos a casa; te voy a hacer pagar por dejarme las bolas azules '.

Ella se rio. '¿Acaso eso no ocurre después de mucho tiempo sin sexo? En cuyo caso, dudo que alguna vez eso vaya a suceder entre nosotros.'

Él sonrió. 'Aun así, están llenas y listas para ti. Como unos cocos… rebosantes.'

Ella se rio con él. 'Eso es tan *soez*, Isaac Quinn.' Ella lo besó de nuevo. 'No te preocupes, tendrás tu oportunidad de… no, no voy a continuar con este eufemismo, es simplemente incorrecto.'

Ella saltó de su regazo –ingeniándoselas para acariciar su erección mientras lo hacía- lo cual sólo lo hizo gemir. 'Dios mío, mujer, estás tratando de matarme.'

Sarah estaba considerando si podían irse a la trastienda para una rápida cogida cuando Finn dio unos golpecitos en la puerta cerrada y le sonrió. Avergonzada por el rubor en sus mejillas, Sarah se acercó a la cerrada puerta de la cafetería y la abrió. 'Hola amigo, entra.'

Finn acarició su mejilla al pasar, saludó a Isaac, quién le sonrió con facilidad a su vez. Sarah se dio cuenta de que él había colocado su suéter sobre su regazo para ocultar su erección e intercambió una divertida mirada con él mientras Molly hizo su entrada desde la trastienda.

TODA LA DIVERSIÓN HABÍA ABANDONADO LA CARA DE ISAAC media hora más tarde, luego de que ella le contara sobre la visita de Dan al hospital. Él se había levantado de la mesa, se paseaba alrededor, obviamente tratando de calmarse antes de hablar. Los tres lo observaban en silencio; entonces se sentó y tomó las manos de Sarah.

'Está bien, voy a dejar pasar el hecho de que no me lo dijeras de inmediato. Yo aun no entiendo por qué no lo hiciste, pero aun así. ¿Qué quería el?'

Sarah tomó una respiración profunda. 'A mí, aparentemente. Quería volver y ser mi "esposo" de nuevo. Lo detuve. Él no tenía ninguna duda de que yo lo decía en serio también, lo abofeteé cuando intentó besarme.'

Isaac dio un gruñido y ella le apretó las manos. 'Todo lo que sentía era absoluta repulsión, Iss. No conozco a ese hombre, es un extraño para mí.'

Él la miró a los ojos. '¿Crees que él tiene intención de hacerte daño?'

Ella suspiró. 'Sinceramente, no lo sé. Lo que sí dijo es que no dejaría que nadie más me tuviera —toma eso como tú lo harías. ¿Es una postura de macho o una amenaza?'

Finn se aclaró la garganta entonces, recordándole a la pareja que había otras dos personas en la habitación. 'Miren chicos, en lo que a la policía se refiere... Dan se fue, simuló su desaparición. Pero no fue para obtener beneficios económicos o para encubrir un crimen por lo que técnicamente, él no ha hecho nada malo. Tal vez *fue* sólo porque se estaba cogiendo a mi mujer.'

'Entonces, ¿Por qué no desapareció ella también? ¿Por qué no dejó nuestras vidas en paz?' interrumpió Molly, y luego sonrió. Sarah y Finn se rieron en su cara.

Isaac suspiró pesadamente. 'Pero entonces, ¿quién atacó a Sarah? ¿Y por qué? Si Dan no mató a esas mujeres y a George y a Buddy, entonces ¿por qué el asesino no sólo...?' No pudo terminar la frase, se limitó a mirar a Sarah, su hermoso rostro, aquella candidez, profundos y cálidos ojos marrones. '¿Por qué alguien quiere hacerte daño?' Su voz era casi un susurro quebrado y esto hizo brotar lágrimas en los ojos de ella. Apoyó la frente contra la de él.

'Estoy aquí, Iss, todavía estoy aquí. Está bien.'

Molly se limpió disimuladamente una lágrima. '¿Entonces, qué hacemos?'

Sarah miró a Isaac. 'Yo digo, tener una última reunión con Dan. Aquí, públicamente. Le digo que ya no tenemos una vida el uno con el otro, que yo le deseo lo mejor, pero que quiero que se mantenga lejos de mí, de ti, de Molly, de Finn. Si él quiere cualquier propiedad, la puede tener.' Se volvió hacia Molly. 'Excepto el Varsity. A partir del viernes, Mols, tú eres la única propietaria de esta cafetería.'

Molly abrió la boca. '¿De qué demonios hablas?'

Sarah sonrió. 'He estado pensando mucho acerca de nuevas oportunidades. Quiero volver a la escuela. Tengo mi MBA (Maestría en Administración de Empresas) pero quiero hacer algo que realmente me apasione. Literatura, arte, música. Tal vez incluso recomenzar mis estudios de arquitectura nuevamente. Así que ya lo decidí. Tú has hecho tanto por mí, y te mereces algo bueno, pues es mi regalo para ti, Molly. El Varsity es tuyo.'

Molly tenía lágrimas en su rostro. 'Sarah... no, vamos, déjame comprarlo.'

Sarah negó con la cabeza. 'De ninguna manera. Es tuyo, espero que no sientas que solo estoy entregándotelo para salir corriendo. Me quedaré hasta que estés totalmente organizada con otro personal. Y luego está esto... Me estoy mudando con Isaac –permanentemente.'

Ella le sonrió a su amor, quién estaba visiblemente relajado ahora, escuchando su charla sobre su futuro. 'De hecho, aunque no lo hemos hecho oficial...'

'Le pedí a Sarah que se case conmigo,' dijo Isaac con orgullo y luego se echó a reír. 'Dos veces, en realidad.'

Sarah también se rio cuando Molly empezó a sonreír. 'La primera vez, yo estaba bajo los efectos de la morfina, por lo que tuvo que pedirlo otra vez.'

Ella compartió una mirada con Isaac y él sabía que ella estaba pensando lo mismo: *cuando estaba dentro de ti, besándote, poseyéndote, amándote...*

Finn medio sonreía. Sus mejillas se enrojecieron y sus ojos se mantuvieron estables pero los felicitó genuinamente. Sarah le sonrió, haciendo caso omiso de la mirada en sus ojos. Dolor. Ella desechó la ola de tristeza que se apoderó de ella. 'Finn, también tengo algo para ti.' Ella agarró su bolso y sacó un juego de llaves, lanzándoselas a él. 'La casa de George. Claro yo sé que... bueno, puede que no quieras vivir en ella, debido a... ya sabes, pero la tierra es buena. Podrías, finalmente, construir esa casa que siempre has soñado construir.'

Finn estaba sacudiendo la cabeza. 'No puedo aceptarlo, Sarah, es demasiado.'

Sarah colocó las manos sobre sus orejas. 'No puedo oír

Lalalalalala. Mira, me muero de hambre, voy a pedir una pizza. ¿Quién está conmigo?'

Molly sonrió. 'Me encantaría, pero Mike me espera. Tenemos una noche libre de niños por primera vez y vamos a disfrutar de ella.'

Sarah la abrazó. 'Ok entonces, feliz cogida.'

Molly sonrió mientras Finn se quejó e Isaac rio. Ella agitó la mano y salió de la cafetería.

Afuera las farolas estaban encendidas, sus sales de sodio resplandecían destacando los edificios. Un grupo de niños de la escuela secundaria, apresurados por el calor del verano y la idea de otra semana de vacaciones, bailaban y se empujaban entre sí, haciendo eco de sus risas por las callejuelas y pasadizos sombreados en púrpura que conducen a la calle Main. Uno de ellos bailaba como un bufón de la corte, agitando sus brazos alrededor y haciendo chillar a las niñas.

Sarah suspiró, cansada pero aliviada. Después de toda su planificación, finalmente, las personas que ella más amaba sabían lo que ella estaba haciendo. Eso lo hacía real. Ella sonrió para sí misma y se levantó.

'¿Alguien quiere café?'

Ella tomó sus órdenes y se dirigió a la barra. Isaac estaba haciendo una llamada. Finn la siguió.

'Hola' Ella se volvió y le sonrió.

'Hola tú.' Finn llegó detrás de la barra y la abrazó. 'Eso fue una cosa increíble lo que hiciste por Molly. Gracias.'

Ella se sonrojó, soltándose suavemente de sus brazos, pero dándole una palmada en el pecho para suavizar el rechazo. 'Ella se lo merece. Igual que tú. Por favor, ten la casa, la tierra, Finn. Realmente es lo mínimo que puedo hacer.'

Finn vaciló y luego se volvió a mirar a Isaac, quien estaba enfrascado en una conversación con quienquiera que estuviera hablando por teléfono.

Finn miró a Sarah. 'Mira, hay algo,' él lo ahogó. 'No, lo siento, yo sólo quería decirte… si alguna vez me necesitas, estaré allí. Siempre, Sarah. Siempre puedes contar conmigo.'

Sarah, aterrada de que él estuviera a punto de declararle su amor, lo palmeó en el pecho, poniendo una barrera entre ellos. 'Finn, tú eres… mi hermano,' dijo ella suavemente, 'confío en ti porque te conozco, también me preocupo mucho por ti, y siempre lo haré.'

Sus ojos se encontraron y Finn asintió con la cabeza. Sarah odiaba el dolor que vio en sus ojos pero él le sonrió. 'Mira, estoy bastante cansado. ¿Posponemos la pizza para otra ocasión?

Ella odiaba la sensación de que le estaba haciendo daño. 'Seguro.'

ISAAC RETORNÓ EL GESTO DE DESPEDIDA DE FINN MIENTRAS él salía, y Sarah cerraba la puerta tras él, entonces puso fin a su llamada y se puso de pie. Sarah se volvió, se apoyó en la puerta y le sonrió. La forma en que él la miraba hizo temblar su vientre, su sexo latió entre sus piernas.

Isaac sonrió y se acercó a los ventanales, bajando las persianas hasta que ellos estuvieron totalmente en privado.

'Ven aquí,' dijo él en voz baja, cargada de deseo. Ella se apartó de la puerta y se acercó a él. Él deslizó sus manos por la cabeza de ella, mirándola como si la viera por primera vez. '¿Recuerdas cuando nos conocimos? Fue aquí. Te vi y me sentí perdido. Yo supe en ese segundo que estábamos hechos el uno al otro.'

Sarah le sonrió. 'Te amo. Nunca he amado a nadie tanto como te amo a ti.'

Isaac le levantó la barbilla para poder presionar sus labios contra los suyos. 'Entonces es natural que yo ahora deba hacer esto correctamente.'

Se inclinó sobre una rodilla y Sarah comenzó a reírse

cuando él estuvo a punto de caerse. Isaac se echó a reír y la agarró, bajándola hasta el suelo. 'Oh, maldición, no estoy destinado a hacerlo de la manera tradicional. Entonces, Sarah Bailey, por tercera y última vez, ¿Vas a ser mi esposa?' Ella le dio un beso a través de su risa. '¡Diablos sí!'

Mientras reían, se retiraban la ropa el uno al otro y en poco tiempo, Isaac enganchó las piernas de ella alrededor de su cintura y él metió su pene duro, como una roca, tan fuertemente como pudo en ella. Sarah gimió y se retorció de placer debajo de él, sus dedos enredados en el cabello de él, su boca sobre la suya.

Eran casi las tres de la madrugada cuando ellos regresaron nuevamente a su apartamento en la ciudad. Sarah se quedó dormida casi de inmediato, pero Isaac, asegurándose de que ella estaba profundamente dormida, se deslizó de la cama y se fue a la sala de estar.

Se sentó en su escritorio, con la cabeza entre las manos. Encima de todo el drama con Dan Bailey, había algo más que lo estaba molestando. No era, recalcando, más grande que eso, era algo que debería haber abordado hace meses. Maldición, él *creía* que había lidiado con eso —o al menos eso pensaba.

Encendió su laptop y había otro correo electrónico. Escudriñó a través del contenido en forma rápida y a continuación le dio un vistazo al reloj. Eran las tres y cuarto en Seattle —las ocho y cuarto en Nueva York.

Él cogió el teléfono.

Sarah golpeó a la puerta de Caroline, inquieta, su piel le picaba por la irritación de tener que estar allí. Caroline abrió la puerta, sus ojos casi se saltan de la impresión de ver a Sarah allí.

'Bueno, miren, acaso no es la petulante...' Caroline puso una mano sobre su boca como si fuera un niño travieso. 'Disculpa mis modales, por favor.'

Sarah, con ojos fríos, no reaccionó. '¿Puedes llevarle un mensaje a Dan?'

Los ojos de Caroline brillaron con curiosidad y satisfacción. 'Por supuesto que puedo'

Sarah sentía la necesidad de golpear a esa mujer. 'Bueno. Dile que quiero concertar una cita. En la casa. Voy a estar allí todo el día de hoy. Si él quiere reunirse, dile que esté allí. Si no es así, voy a suponer-' y ahora ella le sonrió a la sonreída Caroline 'voy a suponer que él ha cambiado de opinión acerca de que *"quiere que yo regrese".*' Ella fue recompensada con la cara de Caroline, toda su alegría aniquilada.

'Se lo diré, pero yo esperaría sentada.' El tono de Caroline se había vuelto frío como el hielo, lo cual justo hacía la sonrisa de Sarah más amplia.

'Oh no, no creo que tendré que esperarlo sentada. Hasta luego.'

Se dio la vuelta y se alejó, escuchando a Caroline sisear una maldición tras ella. Sin darse la vuelta, levantó su dedo medio detrás de ella, con una sonrisa.

Dan llamó al Varsity menos de una hora después.

'Sarah.' Su voz era cálida y agradable.

Sarah dejó escapar un suspiro. '¿Quieres venir a la casa más tarde? Necesitamos hablar.'

'Por supuesto. No puedo darte una hora exacta, tengo algunos negocios en la ciudad, pero te prometo que voy a estar allí hoy, mi amor.'

Isaac la llamó en el almuerzo. 'Hola tú, ¿Cómo te va?'

Sarah miró alrededor de la sala de su casa. 'Es extraño estar de regreso. Aunque no es un extraño bueno tampoco.'

'¿Estás segura de que quieres hacer esto? Yo podría cancelar mi viaje a Frisco… lo sabes, ¿verdad?'

'No, no lo hagas, es tan sólo una noche y tan pronto como

esté lista aquí, me voy donde Molly. ¿Sabes qué es raro? ¿de lo que me he dado cuenta al volver aquí?'

'¿Qué será eso, hermosa?'

Ella dio un suspiro triste. 'Que ya no pertenezco aquí. Ni siquiera estoy segura de haberlo hecho antes.'

'¿Por qué no empacas todas tus cosas? Solo múdate. Podemos poner tus cosas en una bodega, si no podemos conseguir que todo entre aquí.'

Ella suspiró. 'Buena idea. A decir verdad, en este punto, quiero tomar mi ropa, mis libros, mis discos y el resto se puede vender con la casa. Un nuevo comienzo.'

Isaac rio suavemente. 'Tú y yo juntos, bebé.' Había algo en su voz que ella no podía entender —una tristeza.'

'¿Qué pasa, Isaac?'

Él vaciló. 'Nada. Es sólo que estoy tratando con algunas estupideces, nada de lo que tengas que preocuparte.'

Ella no estaba convencida, pero no lo presionó. 'Quisiera que Dan se diera prisa y llegara, para resolver esto rápidamente...'

'No me gusta que estés ahí sola.'

'Estaré bien. Quiero terminar esto. Además, cambié las cerraduras.'

'¿Tienes tu arma contigo?'

'La tengo. Con suerte, no voy a llegar a eso —he estado pensando. Quizás todos estamos algo paranoicos acerca de todo esto. Te llamaré más tarde si algo sucede.'

'Llámame de cualquier forma. Me refiero a que —incluso si sólo te asustas. Y has que Finn llegué allí también.'

'Lo haré. Te amo.'

'Yo también querida. Por siempre.'

LE TOMÓ MÁS TIEMPO LIMPIAR LA CASA DE LO QUE HABÍA planeado. En las habitaciones que raramente utilizaba —en especial desde que Dan se había ido —una gruesa capa de polvo yacía sobre los muebles. Pasaba de una habitación a otra, quitaba el polvo, arreglaba y recogía todo lo que quería mantener. No había mucho, se dio cuenta y sintió una punzada de pesar. ¿Es esto lo que su vida sumaba hasta ahora? En la cocina dispuso cajas, cargándolas con sus libros, sus discos, sus CDs.

Miró por la ventana hacia el porche, donde se había sentado con Dan tantas noches. Ella trataba de conciliar a ese hombre con el que la dejó y regresó como... lo que era ahora. ¿Había allí alguna señal?

Tratando de hacer caso omiso de la sensación de malestar, terminó de empacar arriba, tiró toda su ropa en dos maletas, recogió todos sus artículos de tocador y de maquillaje y los dispuso en bolsas con cierre. Sonrió cuando pensó en Molly y su vasta colección de ropa —que pasaría si ella viera como Sarah había lanzado todo junto en su maleta. Sin dejar de sonreír ella arrastró las cajas por las escaleras y salió a su camioneta. Estaba consciente de que la luz del día había comenzado a desvanecerse y rápidamente llevó el resto de las cajas al camión.

Volvió a entrar en la casa para esperar a Dan, mirando alrededor de la casa en silencio. *Nunca dormiré aquí de nuevo*, y sentía con certeza la verdad de su pensamiento. Revisó cada habitación por cualquier cosa que podría haber olvidado. En el salón de música, se sentó al piano, tocó una melodía, la tristeza brotaba en su pecho. Durante un tiempo, con Dan, le había parecido que habían construido una buena vida aquí. Una vida que parecía a un millón de millas de distancia ahora.

Fue a la cocina para hacer café y chequeó su celular. *Estaré contigo tan pronto como pueda. D.* ¡Puf! Ella odiaba que él tuviera su número de teléfono celular —se desharía de este después de que todo terminara.

Isaac fue al restaurante justo después del mediodía. Él había elegido un sencillo lugar fuera del camino y había cambiado su traje por unos jeans y camiseta casual, montándose una gorra de béisbol sobre sus oscuros rizos.

La camarera lo llevó a una mesa vacía en el fondo del salón y tomó su orden. Un whisky puro. Se removió en su asiento, chequeando su teléfono.

'¿Isaac?'

Levantó la mirada hacia la cara de la mujer rubia. Sus ojos azules eran grandes e inocentes, largas pestañas destacaban sobre sus mejillas —falsas, seguro. Su largo cabello rubio estaba anudado en un moño elegante, con ropa sencilla pero cara. Él ya sabía, pensó con una media sonrisa, que él había pagado por su atuendo. Ella le sonrió cálidamente. 'Es tan maravilloso verte de nuevo.'

Se puso de pie y besó la mejilla de ella. 'Clare.' Sacó una silla para ella.

'Siempre tan caballero.' Ella se sentó frente a él y puso su mano sobre la de él. Él retiró suavemente su mano y se reclinó en su asiento.

'Clare, se te ve bien.'

Ella sonrió coquetamente. 'Gracias. Aunque palidezco en comparación con tu nueva novia. Ella es una belleza rara. Muy exótica, muy diferente a mí.'

Así que sabía de Sarah. Isaac suspiró.

'Clare, ¿qué es lo que quieres?'

Clare sonrió. 'Vine porque... quería que fuéramos amigos, estar en la vida del otro. Dejamos las cosas así... sin terminar.'

Isaac levantó las cejas. 'Clare, por mí, están totalmente terminadas.'

Sus fríos ojos azules se estrecharon. '¿Tú me enviaste los papeles de divorcio, mientras se suponía que yo estaba en el funeral de mi madre?'

'La palabra clave es *suponía*,' su voz se endureció. '¿De verdad crees que yo no sabía nada acerca de los otros hombres? Muy divertido como el *funeral* de tu madre —y me alegro de oír que ella está muy bien por cierto- muy divertida la forma en que coincidió con Sebastian Gaspard en el festival de cine de Cannes, ¿no te parece?'

Clare sonrió y esta vez, no hubo calidez en la misma.

'¿Qué esperabas? Estabas ausente Isaac, todo el tiempo. Estabas trabajando a todas horas.' Ella lo estudió durante un largo momento. '¿Haces tiempo para *ella*, Isaac?'

Volvió a mirarla con imparcialidad. 'Daría la empresa por ella. ¿Es eso lo que querías oír?'

Clare se encogió. '¿Ella sabe de mí?'

Isaac dudó por un largo tiempo y Clara sonrió. 'Oh, eres un hombre malo.' Ella se rio. 'Bueno, supongo que no quieres que sepa acerca de tu pequeño secreto.'

La amenaza estaba implícita. Isaac levantó la barbilla. 'No se lo he dicho porque no hay nada que contar. Nuestro matrimonio duró menos de seis meses, Clare. En lo que a mí respecta, no era nada parecido a un matrimonio. Y no olvides, te pago una pensión muy generosa para que te mantengas alejada.'

Clare asintió con su cabeza. 'Lo haces, no lo voy a negar. Sin embargo, Isaac, ¿quieres realmente comenzar una nueva vida con ella con una mentira?'

Isaac suspiró, sacó su cartera y arrojó algo de dinero sobre la mesa. 'Intenta algo y observa lo rápido que desaparece tu buena vida, Clare. No, haznos un favor a ambos. Regresa a Nueva York y disfruta del estilo de vida que mi dinero te paga.'

Él se levantó. 'Adiós, Clare.' Y salió del restaurante.

Mierda, mierda, mierda. Isaac volvió a su oficina, su mente acelerada. Bueno, esto se resuelve fácilmente. Él agarró su celular y llamó a Sarah.

'Hola bebé.'

La voz de ella lo inundó de calor. 'Hola tú, buenmozo.'

'¿Ya apareció Dan?'

Escuchó su frustrado suspiro. 'No. El pendejo está jugando un juego de poder. Él no va a ganar, estoy decidida a esperar por él, independientemente de lo tarde que pueda aparecer.'

Isaac frunció el ceño. 'Sarah... hablo en serio, no me gusta que estés ahí sola.'

'No te preocupes, amor, la caballería está afuera. Finn está estacionado en el bosque como un ninja rubio. Dios no permita que ningún crimen *real* suceda hoy en la isla.' Ella sonaba divertida e Isaac se relajó un poco.

'Mira, cariño, tenemos que hablar de un par de cosas y este no es el momento ideal para decirte esto, pero —y ten en cuenta que esto no tiene nada que ver con *nosotros*- yo estuve casado.'

Allí estaba, ya lo sacó, rápido, brutal. Isaac esperó a que ella colgara, gritara o llorara.

'Ok.'

Él parpadeó. '¿Ok?'

Sarah rio en voz baja. 'Bueno. Como has dicho, no tiene relación con nosotros ahora. Estás divorciado, ¿verdad?'

'Por largo tiempo. Fue un gran error desde el principio y duró menos de seis meses. Ella me engañó prácticamente desde el momento en que decía sus votos.'

Sarah hizo un sonido de disgusto. 'Qué idiota, quiero decir, ¿te has visto? Tengo una pregunta. ¿Por qué decírmelo ahora?'

Isaac suspiró. 'Debido a que ella justo se puso en contacto. Acabo de reunirme con ella —en público- y sigo sin entender por qué se puso en contacto ahora, excepto porque sabe acerca de ti. Quizás sólo quería causar problemas.'

'¿Sabes qué, Iss? Estoy cansándome de los ex cónyuges.' Pero había humor en su voz e Isaac, inundándose de alivio a través de ella, se rio.

'Yo también. Cuanto antes nos casemos mejor, creo. Mostremos al mundo que tú y yo somos para siempre.'

'Tú me tendrás para siempre. Hablaremos de ello mañana cuando vuelvas.'

'¿Estarás en la cafetería?'

'Todo el día.'

'Te amo. Mantente a salvo, hermosa... y patea el culo de tu ex.'

Sarah rio. 'Lo haré. Disfruta de San Francisco, te echo de menos.'

Cuando ella abrió la puerta, Dan estaba sonriendo. Le tendió una botella de champán. 'Una oferta de paz. Por mi visita al hospital. No era mi intención molestarte, en verdad.' Sarah la tomó con cautela. 'Gracias.' Ella miró el reloj. Once y media de la noche. Ella había estado dormida en el sofá cuando oyó el coche de Dan estacionarse. Por un segundo ella pensó en ignorarlo, pero él había llamado a la ventana, saludándola con la mano. Pendejo. Él había esperado hasta que ellos se dieran por vencidos. Ella había enviado a Finn a casa. Estúpida, estúpida.

Dan le sonrió.

'¿Puedo pasar?'

Ella entrecerró los ojos. 'Dan... Es casi medianoche.'

Él puso una mano en su brazo. 'Sarah, por favor. Déjame entrar y disculparme correctamente.' El querer hacer frente a esta situación se impuso sobre la irritación, entonces ella se hizo a un lado para dejarlo pasar y le siguió hasta la cocina. Ella había empujado la mesa contra la puerta de atrás, aun no la sentía segura después de que ella la había roto el día que Buddy había muerto. Las cajas que ella había embalado ya estaban a salvo en su camioneta; lo único que quería era resolver esto y estar lista para dejar este lugar para siempre.

Dan colocó inmediatamente la mesa que estaba en la puerta, en la posición exacta que había estado cuando él había vivido allí, su sonrisa era casi un rictus. Se sentó y miró expectante.

'Incómodo. Esta mesa estando así. ¿Qué ha pasado?' Él sonrió.

Sarah sintió que su estómago daba un vuelco con irritación.

'Perdí mis llaves. Tenía que entrar. Mira, Dan, estoy cansada, vamos a terminar con esto.'

Él levantó las manos. 'Por supuesto, lo siento.'

31

Ella lo estudió, su forma fácil parecía desentonar con la auto-satisfacción en sus ojos. 'Dan, nosotros terminamos. Debes saber eso. Terminamos desde el momento en que te fuiste.'

'¿Quieres saber por qué me fui?'

Ella suspiró. '¿Quiero saberlo? Dímelo tú. ¿Fue algo que hice?'

Dan sonrió. 'Sarah, por favor siéntate conmigo. Sólo quiero aclarar las cosas entre nosotros.' Ella se sentó de mala gana. 'Sarah, me fui porque... bueno, es obvio que encontraste la carta del abogado de mi familia. Me fui por eso. Mi verdadero nombre es Ray Petersen. Estuve separado de mi familia durante muchos años debido a los abusos a que me sometieron cuando yo era un niño. Tan pronto como pude me fui, cambié de nombre, hice una nueva vida para mí mismo. Conocí a la chica más hermosa.' Él sonrió, con suavidad en su cara. 'Me casé con ella, hice una buena vida aquí en este maravilloso lugar.'

Sarah escuchó en silencio, tratando de leer sus ojos. Por alguna razón, ella le creyó. '¿Por qué te fuiste?' Su voz se quebró y sintió que todos los viejos sentimientos de tristeza la inundaban. '¿Por qué cambiaste tanto, convirtiéndote en controlador?'

Él la miró con una mirada firme. 'Porque me entró el pánico. Ellos me habían encontrado. Pensé en si tu podías llegar a entender —'

'-¿y tú pensaste que no lo haría? ¿Con mi pasado?' Ella no podía creerlo. Dan puso su mano sobre la de ella.

'Fue precisamente *a causa* de tu pasado —yo no pensé que te gustaría ser parte de otra situación horrible. Pensé que me dejarías. Y yo estaba celoso de tu relación con Finn Jewell.'

Ella levantó las manos. 'Jesús... Finn y yo somos amigos. *Siempre* hemos sido sólo amigos.'

'¿Siempre?'

Ella vaciló y él saltó sobre ella. '¿Ves? Esa fue la razón por la que tuve un romance con la esposa de Finn. Dios, metí la pata, pero yo estaba enojado, celoso.'

Ella estaba enfadada ahora. '¿Que me dejaras fue mi culpa?'

"Dios, no, no, eso no es lo que yo quería decir. Dios, no me estoy explicando muy bien. Todo se reduce a que yo estaba aterrado porque tú me dejaras. Cuando se hizo evidente que mi familia no me dejaría en paz en seguida razoné –y ahora parece locura- prefiero que llore por mí a que me odie.'

Los ojos de Dan estaban tristes ahora y Sarah sintió un triste cambio en ella, una simpatía. 'Dan... Ray... cualquiera sea tu nombre, todo está en el pasado ahora. Yo he seguido adelante, tú necesitas hacerlo también. Aunque preferiblemente no con Caroline Jewell.' Ella le ofreció una pequeña sonrisa y él le devolvió la misma.

'Sarah hazme un favor –para ti, siempre seré Dan. Ray es parte de mi pasado y preferiría olvidarlo.'

Sarah lo estudió. 'Ok. Dan. Pero tienes que darte cuenta de que no podemos volver atrás. Incluso si yo no estuviera con Isaac, aún estás a punto de tener un hijo con la mujer que odio.'

Él hizo una mueca, pero suavizó su expresión cuando ella frunció el ceño. 'Lo sé, no es culpa del niño.'

'Tú te lo buscaste.'

'Sí.'

Se sentaron en silencio durante un largo rato y luego Sarah tomó una respiración profunda 'Mira, Dan, tengo que saber –y esta pregunta puede parecer, no sé, extravagante o increíble, pero las cosas parecen demasiada casualidad, eventos que han ocurrido como resultado de tu regreso, así que necesito saber la verdad.'

Dan asintió con la cabeza, sus ojos serios. 'Entiendo. Sólo pregunta, cualquier cosa, queri- Sarah,' él se corrigió y se ganó una sonrisa como agradecimiento.

Ella vaciló. '¿Tuviste que ver algo con el asesinato de

George? ¿Buddy? ¿Lindsey Chung? ¿Eres tú el que me atacó aquí? ¿A Molly?'

'No. Dios no. Yo era muy amigo de George, lamento profundamente lo que le pasó a él. Buddy era… un amigo, si se puede llamar a Buddy como alguien que hubiera tenido un amigo. Y Lindsey, Dios, Sarah, ella era tan joven. Es desgarrador. Y no, Sarah, yo nunca podría hacerte daño –no físicamente.'

Él encontró sus ojos y ella no pudo ver nada en ellos que contradijera lo que él estaba diciendo. 'Yo entiendo por qué tu podrías sospechar de mí. Debido a la forma en que me comporté,' empezó lentamente, 'debido a la forma en que me fui… creo que me has descrito como un… monstruo. Te lo juro, Sarah, puede que yo sea una clase mundial de cagada pero no soy un asesino.'

Sarah pensó en sus palabras durante mucho tiempo, la mirada fija en la oscuridad fuera de la ventana.

'¿Sarah?'

Ella se volteó hacia él. '¿Quieres esta casa? Yo no la quiero, es toda tuya si la quieres. Sería un buen lugar para criar a un niño.' Odiaba la idea de que Caroline Jewell viviera aquí pero ahora ella sólo quería seguir adelante.

Dan pareció sorprendido. 'No, no, yo no podría.'

'Sí, sí que puedes. De hecho' ella se levantó y tomó su bolso, sacando un sobre grande. 'Tengo las escrituras ya listas. Fírmalas y la casa es tuya.'

Dan tomó el sobre, le dio una ojeada al contenido. Una pequeña sonrisa se dibujó en sus labios cuando llegó a las notas al final. '¿Con la condición de que nunca te contacte de nuevo?'

Ella asintió. 'Clausura. Definitivamente.'

Dan metió los papeles en el sobre. 'Lo pensaré.'

Ella suspiró por dentro, pero luego le dio una sonrisa. Cualquier cosa para mantener las cosas civilizadas. 'Por supuesto.'

Ella lo acompañó hasta la puerta.

Miró alrededor del pasillo oscuro. '¿Te quedas aquí, esta noche?' Ella sacudió la cabeza.

'No, voy donde Molly.'

'¿Te puedo llevar?' En ese momento, él le recordaba al Dan que ella conoció inicialmente, eso hizo que su corazón le doliera.

'No, gracias, tengo la camioneta.'

Lo vio alejarse en su automóvil; reconociendo que toda la reunión la había dejado confundida. Dan tenía razón, ella lo había descrito como un monstruo, pero él era la única persona en su vida que ella sentía capaz de hacer este tipo de cosas horribles. Ella cerró los ojos y se apoyó en el marco de la puerta. Gracias a Dios que había terminado. Estaba muy cansada ahora, no se había dado cuenta de que manera las cosas y la incomodidad en su cuerpo partía de la liberación de la ansiedad. Ella agarró su bolso y las llaves y cerró la casa detrás de ella.

Se subió a su camioneta y se alejó de la casa que ella y Dan habían compartido, sin siquiera mirar hacia atrás.

'¿No parece todo un poco demasiado casual, un poco demasiado fácil?' habían pasado tres días y Sarah yacía desnuda en la parte superior de Isaac, sus cuerpos húmedos por el sudor, brillantes de hacer el amor. Isaac, con su pregunta en el aire, levantó las cejas hacia ella. '¿Y bien?'

Ella asomó una medio sonrisa. '¿Me estás pidiendo que encontremos una respuesta razonada, considerada, cuando acabas de cogerme hasta reventar? Dame un minuto.'

Él sonrió. 'Me encanta tu boca sucia.'

Ella movió su cuerpo. 'Sobre todo cuando está envolviendo tu enorme pene.'

'Especialmente entonces,' estuvo él de acuerdo.

Sarah suspiró feliz, apoyó su barbilla en el pecho de él, y lo miró. '¿Estás hablando de nuestros encantadores ex cónyuges?'

'Si, lo estoy.'

'Olvídalos. Nada nos puede tocar ahora.'

Él alisó el pelo de ella sobre su oreja. 'Entonces, ¿qué tan pronto podemos casarnos?'

Sarah le sonrió, rozó sus labios suavemente contra los suyos. 'Cuando tú quieras.'

El rostro de Isaac se iluminó. 'Entonces, señorita Bailey, yo digo que lo hagamos pronto.'

'¿Cuándo estabas pensando?'

Isaac apretó sus brazos alrededor de ella. '¿Qué vas a hacer este viernes?'

Ella se le quedó mirando. '¿Estás hablando en serio?'

'Si.'

Sarah empezó a reírse. 'Entonces yo digo claro que sí, señor Quinn, sí...'

El día era fresco, de finales de septiembre.

Sarah puso sus brazos alrededor de Isaac, cuando él se disponía a salir a su quehacer diario.

'Ok, bebé. Sólo sé cuidadoso. Llámame cuando puedas.'

Él asintió con la cabeza y la besó. 'Te amo.'

Ella le sonrió, con ojos preocupados. 'Yo también te amo, cariño.'

Lo observó mientras se alejaba, volvió a entrar en la casa y se dispuso a hacer un poco de té. Mientras la tetera calentaba el agua ella salió a deambular un rato, respirar el aire fresco, por la puerta trasera. Cuando el agua alcanzó su ebullición, la tetera silbó, y ella se dio la vuelta para regresar a la casa.

Y el dolor la golpeó.

Su espalda se arqueó para contrarrestar el dolor punzante en su riñón izquierdo. Ella abrió la boca y se tambaleó hacia atrás en la cocina. No podía respirar. Hubo confusión, desconcierto. Trató de llevar oxígeno hasta sus pulmones, pero nada llegaba. Puso su mano en la espalda donde había estado el dolor punzante. Estaba mojado. Sangre. Ella no entendía pero ahora sus piernas habían perdido toda su fuerza. Se dejó caer al suelo y palpó alrededor de donde había estado la sangre, sus dedos buscaban. Un pequeño agujero en su espalda estaba chorreando sangre. Un agujero de bala. Había recibido un disparo. Incredulidad. Miedo. Se tumbó en el

suelo de la cocina tratando de respirar, sintiendo la sangre derramarse
debajo de ella.
'Isaac...' Su voz era un susurro. Su cabeza giró. Ella cerró los ojos y
cuando los abrió su mundo era un inimaginable horror. Dan se puso
encima de ella, una pistola con silenciador en su mano.
'Hola, Sarah.' Él sonrió y apuntó el arma hacia ella.
Las lágrimas rodaban por sus mejillas, Sarah sacudió la cabeza, sus
manos levantadas para protegerse a sí misma. Inútil. 'No, por favor, por
favor...'
Daniel Bailey suspiró, victorioso, y apretó el gatillo.

SARAH DESPERTÓ, GRITANDO, ARAÑANDO EL AIRE. ISAAC
saltó de la cama, despertó conmocionado sólo para darse
cuenta que ella estaba tratando de llegar a él, con cara de
disculpa.

'Lo siento, dios, lo siento, fue sólo una pesadilla...' Ella
estaba tratando de recuperar el aliento cuando él se acercó a
ella, la envolvió con sus brazos. El sudor le pegaba el cabello a
la frente caliente y él lo apartó.

'Está bien, amor.'

Ella se apoyó en él. Dios el sueño había sido tan visceral,
tan real. Casi podía todavía sentir el dolor de la bala estrellarse
contra ella... *Jesús*. ¿Era ella realmente tan frágil? ¿Incluso
ahora?

Ella sintió los labios de Isaac en su sien. '¿Quieres hablar al
respecto?'

'Fue tan estúpido que me sentiría tonta decirlo en voz alta.
Olvídalo.' Ella se tumbó en la cama y trató de sonreírle.

'Prefiero que me distraigas.' Él pasó un dedo entre el valle de
sus pechos, por su vientre, rodeando su ombligo y entre sus
piernas.

'Tus deseos son órdenes,' murmuró. La acarició hasta que
ella se vino, luego, cubrió su cuerpo con el suyo, colocando las

piernas de ella alrededor de sus caderas y empujando su pene dentro de ella.

'¿Es esto suficiente distracción para ti?', murmuró él, sus labios contra su garganta y, ella, sin aliento, asintió.

'Dios, sí... *sí*....'

Sarah Bailey se convirtió en Sarah Quinn en una ceremonia de quince minutos en el ayuntamiento de Seattle. Por petición suya, ellos se habían mantenido bajo perfil y sólo Saúl y Maika, Molly y Mike, y Finn estaban presentes cuando ellos dijeron sus votos. Fue formal, rápida, pero cuando todo terminó, la manera en que Isaac besó a su nueva esposa mostraba todo lo contrario.

Mantuvieron una pequeña recepción de vuelta en la cafetería –Molly y Nancy habían ido a la ciudad y habían cubierto todo el lugar con pequeñas luces blancas y centelleantes. Sarah apenas podía reconocer el lugar. Algunos amigos de la isla completaron la fiesta.

Sarah trató de ayudar a Molly y a Nancy afuera, pero solo consiguió que la ahuyentaran de las preparaciones alimenticias. Con el tiempo, se dio por vencida. Su nueva cuñada, Maika, le sonrió, cuando ella salía de la cocina. Maika le extendió la mano.

'Ven y siéntate conmigo. Nunca hemos podido hablar, sólo nosotras. Nuestros esposos,' le sonrió ella, señalándole con la cabeza hacia donde Isaac y Saul estaban riendo y hablando, 'están ocupados siendo chicos, así que nosotras podemos ponernos al día.'

Sarah se sintió de pronto intimidada. Maika era muy alta, y muy elegante, pronto ella descubrió que también tenía un gran sentido del humor y una calidez innata que hizo que Sarah se sintiera menos torpe de lo que ella pensaba.

'Isaac me dijo que te había contado la historia de nosotros,' dijo Maika, 'muy egoístamente, quiero darte las gracias. Gracias por hacerlo feliz –siempre me he sentido culpable por

lo sucedido, pero, como ahora ya lo sabes por ti misma –
cuando la persona correcta viene...'

'Lo entiendo, créeme. Yo nunca supe que esto era lo que es
verdaderamente el amor.'

'Estuviste casada antes, ¿verdad?'

Sarah asintió. 'Y yo no quiero dar la impresión de que era
un mal matrimonio –al menos no al principio, pero mi ex
marido es... un ser extraño para mí ahora.'

Maika asintió, con ojos de simpatía. 'Isaac nos contó toda
la historia. ¿Qué crees que sucederá ahora?'

Sarah negó con la cabeza. 'Sinceramente, no lo sé. Yo
estaba media convencida de que era Dan, que ya su enorme
ego se había salido de control, que él era capaz, pero ahora
simplemente no lo sé.'

Ella se frotó la cara, se sintió de repente cansada y Maika le
puso una mano en su brazo. 'Lo siento, estoy siendo demasiada
inquisitiva, y no es el momento adecuado.'

'No, está bien. Pero cambiemos el tema de todos modos' Sarah
le sonrió, notando por primera vez, lo mucho que se parecían
entre sí –piel morena, cabello oscuro, ojos marrón oscuro. Los
hermanos Quinn tenían un tipo, ella sonrió para sí misma.

'Así que, ¿qué vas a hacer ahora? Isaac me dice que estás
dejando esta cafetería.'

Sarah asintió. 'Volver a la escuela, supongo.'

'¿No fuiste a la universidad?'

'Lo hice, pero hice un MBA. Estoy hablando de hacer algo
que me apasione. Antes era dueña de una cafetería, y quería
ser arquitecta. Incluso llegué a armar un portafolio, tomé clases
en la tarde, pero terminé haciendo esto en su lugar.'

Maika parecía a la vez sorprendida e impresionada. 'Guau.
Bueno, yo digo que vayas por ello, antes de que lleguen los
niños. Es difícil atenderlo todo junto, no importa lo que digan.'

Sarah tragó saliva y no dijo nada. Ella temía tener que
decirle a todos los familiares expectantes que ellos no podrían

tener sus propios hijos y honestamente, esto la había estado molestando mucho últimamente. Todo en lo que ella podía pensar era en un chico con los rizos de Isaac, tal vez con los ojos castaños de ella, hoyuelos en las mejillas. De un solo golpe se llenó su corazón de tristeza.

Ella lo miró, tan guapo, tan alto y ancho, con los ángulos faciales finamente suavizados por su sonrisa. Ella podía ver la alegría en su rostro y se quedó sin habla, sorprendida de que era ella, la antigua y normal Sarah Bailey, quién hacía que sus ojos se iluminaran de esa manera.

Del remolque al pent-house, pensó. La prensa se había apoderado de su historia pero ella estaba sorprendida de que no la había afectado. La historia ya estaba allí y no tenía ninguna diferencia a como era su vida en ese momento.

Algunos de la prensa menos amigables habían especulado acerca de cómo una mujer como ella había enganchado a Isaac Quinn pero ella simplemente no le había hecho caso. La gente que le importaba sabía toda la verdad de su historia.

Incluso Dan se había mantenido alejado de ella. Él había enviado mensajes de texto y llamado un par de veces, para decirle que él iba a comprar su casa. Ella hubiera preferido que él abandonara la zona, pero era mejor que nada. Su apatía parecía ser genuina y, remató para sí misma, ella pronto estaría en la ciudad todo el tiempo. Así que dudaba que lo viera mucho, aún si él se quedaba.

Pero el misterio de los asesinatos, de los ataques a Sarah y Molly, se mantenía y todo el mundo estaba inquieto. Era mejor conocer al enemigo a que él o ella estuvieran ocultos. Sutilmente, todos se habían vuelto más vigilantes, más desconfiados de los extraños.

Pero no hoy. Hoy era sobre el amor, la familia y la alegría. Isaac —su marido, sonrió para sí misma- se acercó y la solicitó para su primer baile. *Nunca me dejes ir*, cantada por Florence and the Machine, y mientras ellos bailaban, Sarah nunca estuvo más segura que ella estaba exactamente donde se suponía que debía estar.

Los observó a través de la ventana lateral de la cocina de la cafetería, la rabia retorcía sus entrañas. Dios, ella se veía radiante, brillante, cumplía todos los clichés de cómo una novia debe verse en su día de boda. Sarah, *su* Sarah era ahora Sarah Quinn. Ella no asumiría su nuevo nombre por mucho tiempo. La haría pagar por esta traición.

Más tarde, Isaac fue a buscar a Sarah, finalmente la encontró afuera agarrando un poco de aire vespertino. Se mantuvo atrás por un momento, empapándose de ella. Su pelo, que había sido levantado en un moño sobre la nuca de su cuello para la boda, se le escapaba, largos rizos oscuros caían por su espalda. El sencillo vestido blanco que había llevado se deslizaba sobre su cuerpo, abrazando sus curvas. Su rostro, sus ojos cerrados, vueltos hacia el cielo nocturno. Isaac sonrió.

'Hola, señora Quinn,' dijo en voz baja, no queriendo asustarla. Ella abrió los ojos y se volteó hacia él, con una sonrisa radiante en su hermoso rostro. Él se colocó a su lado y la tomó en sus brazos. Ella lo miró.

'Lo hicimos.'

Él sonrió, asintiendo. 'Realmente lo hicimos.' Él apretó los labios de ella con los suyos, sintiendo su respuesta, ella presionó su cuerpo contra el de él.

'Entonces, ¿ahora me vas a decir a dónde me llevarás?'

Eso había sido parte de su acuerdo de bajo perfil. Ella no hizo el más mínimo escándalo, él escogería la luna de miel —y lo mantendría como sorpresa. Él sacudió la cabeza.

'¿No has adivinado todavía?'

Ella fingió considerarlo. 'La minúscula Isla Auchtermuchty de Escocia.'

'No. Además, eso no es una isla.'

'¿Cómo lo sabes?'

'Yo sé cosas. Auchtermuchty está cerca de Fife en tierra firme escocesa.'

Sarah se quejó, murmurando algo que se parecía mucho a 'Maldición, sabihondo Magallanes.'

Él se rio y la besó.

'Eres increíble.' Murmuró él y ella se sonrojó.

'Puedes apostar tu dulce trasero a que lo soy.' bromeó ella, dando por sentado su cumplido. Él se rio.

'Está bien, ¿quieres saber a dónde vamos?'

'Sí, claro.'

'Ok, porque vamos a... eh... oh no...' él pretendió que se ahogaba, agarrándose la garganta. 'No puedo... conseguir... que... salgan las... palabras.'

Ella se alejó de él en protesta. 'Oh ja ja. Tonto.' Ella echó su cabeza hacia atrás y se deslizó lejos de él. Él pudo ver que ella estaba tratando de no reírse mientras él la persiguió hasta el cuarto trasero de la cafetería.

'En serio,' se rio él. '¿Acabas de 'contonearte'?' Él se echó a reír en serio y ella trató de ignorarlo, pero no pudo, la alegría de él era contagiosa.

'Vamos, Iss... ¿por favor?' Ella lo sonsacaba e Isaac sacudió la cabeza.

'No.' Él la empujó contra la pared, atrapándola en la jaula de sus brazos. Ella le sacó la lengua.

'Doble tonto, con extra de salsa de tonto y tonto.'

'Vive con eso, mujer.' Él le sonrió y ella se rio, no era capaz de mantener su fingimiento.

'Con lluvia de tonto.'

Él la silenció con su boca, besándola hasta que ella tuvo que apartarse para recuperar su aliento. 'Está bien, me doy por vencida. Llévame a donde tú quieras.'

'Te puedo llevar ahora mismo contra esta pared.'

'Isaac Quinn −tenemos una sala llena de invitados allá afuera.'

'Aguafiestas.'

'Vamos, regresemos allá antes de que me excites más, que no podré funcionar.'

Riendo, se volvieron a la fiesta —sin darse cuenta de que Finn Jewell estaba sentado solo en la oscuridad de la habitación de atrás, observándolos, con sombríos ojos caídos.

☙❦❧

DESDE LUEGO, MOLLY ESTABA LLORANDO. ELLA SE ABRAZÓ A Sarah y sollozó. 'Estoy muy feliz por ti, tan, tan feliz.'

Sarah se rio entre dientes, abrazando a su amiga, su hermana, con fuerza. 'Te quiero, Molly. Gracias por un día perfecto.' Miró a Isaac abrazando a su hermano y sonrió. Familia. Finalmente.

Molly murmuró algo en su hombro y Sarah le hizo cosquillas. 'Sí, yo teamomuchitotambien.'

Molly dio un paso atrás, secándose los ojos y riéndose. Sarah miró a su alrededor. '¿Dónde está tu hermano?'

'Justo aquí.' Se dio la vuelta y vio a Finn apoyado en una esquina del Varsity, observándolos. Ella se acercó a él.

'Oye.'

'Hola, aunque supongo que esto es un adiós —por un tiempo, al menos.' Él le dio una sonrisa irónica y ella tomó su mano.

'No por mucho tiempo. Dos semanas nada más. Cuando vuelva, vamos a tener que hablar para seguir arreglando las cosas de tu casa.'

Finn levantó la barbilla hacia Maika. 'La dama dice que tú vas a regresar por el título de arquitecto. Ya era hora. Tal vez puedas diseñar mi casa y yo la construya.'

Sarah le sonrió. 'Es un trato.'

Finn la miró durante un largo momento y luego, rápidamente, la tomó en sus brazos y la abrazó con fuerza. 'Quiero que sepas,' le susurró, con sus labios junto a su oído, 'que yo siempre voy a estar ahí para ti. Yo siempre... maldita sea...' Su voz se quebró y él la soltó, parpadeando sus lágrimas.

43

Sarah tragó saliva, se alisó un rizo errante detrás de la oreja, hizo que él la mirara.

'Lo sabes, ¿verdad?' Dijo él en voz baja y ella asintió. 'Lo sé.' Ella se inclinó y besó su mejilla. 'En una próxima vida, ¿eh?'

Finn apretó los puños, pero le sonrió. 'Felicidades amor.' Sarah no pudo evitar las lágrimas entonces, estas cayeron por sus mejillas sin control. '¿Por qué siento que esto es un adiós?'

Finn negó con la cabeza. 'No lo es. Te prometí que estaría allí. No te dejaré caer de nuevo. Nunca.'

Sarah seguía pensando en la conversación en el coche de camino al aeropuerto SeaTac de Seattle. Isaac conducía el mismo, no quiso romper su privacidad con un chofer. Él alcanzó y tomó su mano mientras el coche se deslizaba suavemente fuera de la ciudad.

'Hola esposita,' sonrió él. Sarah se ruborizó de placer. 'Hola esposito. ¿Sabes qué?"

'¿Qué?'

'Ya no quiero saber a dónde vamos. Quiero que sea una sorpresa total.'

Isaac sonrió. 'Bueno.'

'¿No lo voy a descubrir en el aeropuerto?'

'No. Vamos a tomar mi avión.'

Las cejas de Sarah subieron exageradamente. '¿Tienes un avión? *Por supuesto*, tienes un avión,' se reprendió a sí misma, sonriendo. Ella lo miró detenidamente. 'Me olvido sabes, que eres un billonario. Esa palabra no significa nada para mí —no puedo comprender esa cantidad de dinero.'

Isaac sonrió. 'No me gusta alardear como algunos lo hacen, pero, esta es una ocasión especial. ¿Recuerdas cuando te dije que algunas veces yo iba a querer consentirte?'

Ella asintió. 'Me acuerdo. Y tengo que decir, que lo anhelo —con la condición, por supuesto, que te mantengas desnudo al menos el noventa por ciento de las veces.'

Él lo consideró. 'Creo que puedo estar de acuerdo con eso.'
'¿Tú vas a volar el avión?' Dijo ella medio en broma,
medio en serio.

Él rio. 'Se podría decir que si... Voy a volarlo bajo,
sostenerlo alto, y a asegurarme que mi lanza no quede
atrapada en el motor.'

'Chistoso' rio ella ante su burla impaciente. 'Dios, te amo
tanto.'

'Eres mi mundo, hermosa.'

EN EL AEROPUERTO, LA CONDUJO DIRECTAMENTE A LA PISTA
de aterrizaje y luego le tomó la mano cuando se subían al
avión. Los ojos de Sarah estaban asombrados ante el lujo del
avión; los asientos de suntuoso cuero, cada uno lo
suficientemente grande para dos personas, alfombras suaves y
profundas. Isaac presentó a Sarah con el capitán y la azafata y
luego quedaron solos. Sarah se quitó los zapatos, mientras que
Isaac abrió una botella de champán. Le entregó una copa
mientras ella se enroscó en uno de los asientos, gimiendo de
placer en el lujo. Se sentó junto a ella, con una sonrisa. Ella lo
miró por encima de su copa.

'Estás disfrutando esto, ¿verdad? ¿Impresionándome?'

Isaac sonrió y chocó su copa con la de ella. 'Por supuesto.
Hay algunas ventajas en ser yo.'

Ella rio mientras él se inclinaba y le abrochaba el cinturón
de seguridad. 'Ups, lo siento.'

'¿Estás borracho ya?'

'Ligeramente —tomé mucho champán en la recepción.'

Isaac sacudió la cabeza, mostrándose divertido. '¿Comiste
algo?'

Sarah entrecerró los ojos, tratando de recordar. '¿Sabes
qué? No, no lo hice. ¿Por qué, tienes un chef Michelin de
dieciséis estrellas a bordo?'

'Mejor que eso. Ya verás.'

Ella esperó. Tan pronto como estuvieron en el aire, Isaac se desabrochó y se levantó, yendo a lo que parecía un mueble en el bar. Cuando lo abrió, sin embargo, ella pudo ver el vapor saliendo e Isaac sacó dos cajas que lucían muy familiares. Se echó a reír cuando él se volteó, las abrió, y le presentó el contenido con un ademán ostentoso. Ella le sonrió, con los ojos brillantes.

'¡Pizza! Dios, eres un genio.'

'Conozco a mi mujer,' dijo él con mucha petulancia. 'Otra cosa... hay un dormitorio en la parte posterior.'

Sarah exclamó alegremente. '¿Con TV?'

'Yo tenía la esperanza de un diferente tipo de entretenimiento, pero como tú lo prefieras.' Isaac se reía ante el entusiasmo de ella. Se levantó y se acercó a él, rozando sus labios contra los de él, mirándolo desde debajo de sus pestañas.

'Pizza, TV y una cama en un avión... oh, usted va a tener algo esta noche, señor. Lléveme a su cama.'

Isaac le entregó las cajas de pizza. 'Agarra estas.'

'¿Qué?' chilló de risa Sarah cuando él la levantó en sus brazos y la llevó a la cama.

Molly le pagó a la niñera y le dio las gracias, la despidió con la mano mientras Mike trajo el coche. Molly miró a los niños adentro. Desconectados del mundo.

Molly bostezó y entró en su propio dormitorio, se quitó la ropa y se puso unos pantalones cortos y una camiseta que usaba para dormir. Estaba cansada, pero sentía que hoy se habían borrado algunos de los horrores de los últimos meses. Sarah estaba feliz, segura. Casada, pensó Molly con una sonrisa. Ahora bien, si tan sólo pudiera encontrar una manera de hacer feliz a su hermano. A ella no se le había pasado por alto hoy la angustia en los ojos de Finn cuando la mujer que amaba se casaba con alguien más. ¿Acaso era peor que a Finn realmente le gustara y admirara a Isaac? ¿Sería mejor si lo odiara tanto como había odiado a Dan Bailey?

Dan Bailey. Increíble, pensó ella, como en el momento no

se ve la toxicidad de algunas parejas; la injusticia de su unión. Desde que Sarah se había reunido con él, nadie más había oído nada de él; incluso Caroline había estado bajo el radar, gracias a Dios.

A las diez y media, ella oyó un chirrido de neumáticos y miró por la ventana del dormitorio que daba a la calle Main. Vio a Dan Bailey aparcar frente al Varsity. Por un momento, el corazón de Molly galopó mientras se preguntaba si Caroline estaba con él. Pero Dan salió solo. Ella lo vio mirar directamente por la ventana de la oscura cafetería. Su comportamiento era preocupante; se puso de pie, erguido, de espaldas a Molly. Molly se coló en la planta baja y en silencio abrió la puerta y salió al exterior, observándolo. Dan no la veía. Molly se apartó de la luz de la calle frente a su casa, fuera del camino para que no pudiera ser vista, pero de tal forma que ella si podía ver la cara de Dan. De repente vio a Nancy doblar la esquina caminando con su perro; ella también se había detenido y estaba viendo a Dan, su cara tenía una imagen de asombro. Molly se volvió hacia el ex esposo de Sarah.

Su sangre se congeló. Dan estaba gritando, la boca completamente abierta, el rostro desencajado por la rabia. Gritando sin hacer ruido, gritando en el silencio de la cafetería vacía.

Isaac sonrió a su esposa mientras se aproximaban al aeropuerto de Seattle. Ella tenía la cabeza en su pecho, sus ojos cerrados, su respiración uniforme y constante mientras dormía. Habían pasado dos semanas de felicidad absoluta. Él la había llevado a París por una semana y luego hacia el sur de Francia durante el resto de su luna de miel. Él sabía que ella no habría sido feliz simplemente tumbándose en una playa —en su lugar, visitaron lugares de interés, museos, galerías, monumentos históricos. En St Tropez, el clima —caliente y sofocante— significó que pasaran una gran cantidad de tiempo en su habitación de hotel con aire acondicionado, haciendo el amor, haciendo planes para su futuro.

Los acontecimientos de los últimos meses parecían a un millón de millas de distancia —ambos se sentían intocables ahora.

Isaac le acarició el cabello sedoso y apartó la idea de que tal vez, sólo tal vez ellos estaban demasiado satisfechos de ellos mismos. El persistente espectro de sus ex cónyuges todavía lo perseguía. *¿Qué demonios es lo que ellos querían?*

Con suerte, la boda habría acabado con esas tonterías. Si el dinero era lo que Clare quería, ella podría tenerlo, ella podría tener cada maldito centavo —no le importaba, lo único que él quería era a Sarah.

Dan Bailey era un caso completamente diferente. Él no podía culparlo por querer tener a Sarah de vuelta, pero sin duda, ahora, él tendría que entender que eso no iba a suceder. *La entregaste cuando la dejaste*, pensó Isaac, su boca se entornó en una seria línea. *Lástima amigo, tú la perdiste.*

Su celular sonó. Un texto de Molly. *Todo listo para mañana – ¿ella realmente no tiene idea?*

Isaac sonrió. Una fiesta sorpresa que él y Molly habían planeado para cuando ellos regresaran a la isla; la habían planificado en la recepción. Molly quería darle las gracias a Sarah por haberle cedido la cafetería.

Ninguna. Gracias por organizarlo, espero con ansias verlos a todos.

Sarah se movió y abrió los ojos. Se incorporó y se estiró, asomándose por la ventana. Estaban volando sobre una brillante mañana de Seattle, y cuando el avión voló sobre el estado de Washington, el sol brilló en el agua del Pacífico, y la ciudad se mostró en el paisaje. Sarah sonrió a Isaac, le dio un beso.

'¿Has dormido?'

'Algo. Me pondré al día en casa, nunca he podido dormir mucho en los aviones.'

Ella le acarició la cara. 'Estamos en casa. Es el comienzo de nuestra nueva vida juntos.'

Isaac asintió. 'Sí que lo es. No puedo esperar.'

Molly dio la vuelta al aviso y abrió la puerta de la cafetería. Ya estaba cálido el aire afuera, incluso tan temprano, y decidió abrir las enormes ventanas del edificio, para dejar que el aire circulara. Ella no vio a Dan seguirla hasta dentro y ella saltó en forma violenta cuando se volvió y lo vio detrás de ella. Él le sonrió.

'Lo siento, no fue mi intención asustarte. Hola, Molly, ha pasado tiempo.'

Ella puso una mano en el pecho donde aún palpitaba frenéticamente su corazón. 'Eso es una sutileza. ¿Cómo estás, Daniel?'

El tono de ella era duro, pero Dan le devolvió una sonrisa sin malicia. 'Estoy bien. Un poco triste —escuché que Sarah se había vuelto a casar.'

Molly sintió la serpiente de la irritación a través de ella. *Maldita Caroline.* 'Sí, lo hizo, y por primera vez, ella es realmente feliz. Isaac es el ajuste perfecto para ella.'

Ella sabía que estaba siendo mala, pero no le importaba. Ahora que él estaba cerca, estaba aún más convencida de que había sido Dan quién la atacó aquí, en esta misma cafetería. Su presencia, su contextura, su olor —su cuerpo reaccionó de forma inconsciente, retrocediendo ante él. Ella subrepticiamente miró por la ventana para asegurarse de que había otras personas alrededor; personas a las que ella podría recurrir si él la atacaba. Para su consternación, no había nadie en la calle fuera de la cafetería, nadie que pudiera venir en su ayuda. Dan le sonrió, obviamente disfrutando de su malestar. *Bastardo.*

'¿Puedes por favor servirme un Americano, Molly? Recuerdo que tú siempre fuiste una buena barista.'

Esto debería haber sido un cumplido, pero en el tono plano de Dan, sonaba como un insulto. Molly estaba decidida a no dejar que él la molestará —al menos a no demostrarlo. 'Por supuesto.'

Ella encendió las máquinas y se puso a trabajar, siempre híper-consciente de dónde estaba él.

'¿A dónde llevó el multimillonario a Sarah para su luna de miel?'

'No sé, fue una sorpresa para Sarah.' *Y no te lo diría de todos modos.* Ella le entregó una humeante taza de café. *Bebe y vete, por favor.* Ella fingió una sonrisa. 'Tú si has sabido cómo sorprender a Sarah, ¿verdad?' Dan le sonrió, pero no cayó en su provocación. 'Y entonces Dan, ¿vas a vivir en la casa de Sarah? Ella me dijo que querías comprarla. Yo pensé que no te gustaría vivir en un lugar con tantos recuerdos tristes.'

Dan inclinó la cabeza. 'Tengo un hijo en camino, aquí en el estado de Washington, en esta misma isla. Yo no huyo de mis responsabilidades. Tal vez tu deberías preguntarle a Isaac Quinn si él hace lo mismo.'

Un increíble rugido de risa se le escapó a ella entonces. '¿Me estás tomando el pelo?'

Dan puso un gran cara de espectáculo de estar ofendido pero ella lo vio justo a través. *Él está disfrutando esto.*

'Vamos Molly. Siempre fuimos como buenos amigos.'

'¿*Fuimos*?'

'Sí, éramos.' El tono de él se había tornado duro.

Ella no retrocedió. '¿Sería justo hasta el momento en el que intentaste matar a mi mejor amiga?'

La expresión de él era triste. 'Escuché que yo era sospechoso en el ataque. Es ridículo, Molly, ¿por qué yo? ¿Por qué iba yo a querer hacerle daño a Sarah?'

Ella hizo un sonido de disgusto, sus ojos recorrieron la cafetería. Estaban solos. Dan siguió su mirada y sonrió. Dio un paso más cerca de ella.

'Todo lo que siempre quise fue proteger a Sarah, amarla. Estar ahí para ella. Y desde que volví, todo el mundo ha tratado de insinuar que mis motivos son menos que puros. Sin ninguna otra razón que los celos. Estoy seguro que tu hermano fue el que vertió todo ese veneno en los oídos de Sarah en estos dos años mientras estuve lejos.'

'¿Mientras estuviste lejos? ¿Así es como lo llamas, cobarde?' Los ojos de Dan se oscurecieron con ira. 'Al igual que tu hermano, estás llena de odio y celos. Siempre quisiste que Sarah y Finn estuvieran juntos, me sorprende que hayas aceptado a Quinn con tanta facilidad.'

Molly rodeó el mostrador y se puso frente a la cara de Dan. 'Eres una basura, un matón y un mentiroso. No vengas aquí y trates de abogar tu caso conmigo. Y no trates de intimidarme porque nunca, nunca, tendrás éxito. No soy tan buena como Sarah. Ella te dio demasiadas oportunidades. No obtendrás más conmigo. Deja esta isla, Dan. Vete muy lejos, muy lejos y no vuelvas nunca más.'

Dio un paso más hacia él y Dan parecía entretenido. Ella se burló de él. '¿Te diste cuenta, verdad, que ahora que ella está casada con uno de los hombres más ricos de América, Sarah será la persona más protegida en la historia de esta ciudad? No podrás acercarte a ella.'

'Molly, ¿por qué todo el mundo asume que quiero matar a Sarah?'

Molly se congeló. 'Yo no he dicho 'matar'.'

Dan sonrió. 'Mi error. Pensé que eso es lo que querías decir.' Se apartó de ella, se sentó y la miraba, estudiándola. '¿Sabes? Yo me he estado preguntando algo.'

'Y yo no estoy para nada interesada. Por favor, vete.' Molly empezó a alejarse.

'Estás enamorada de Sarah ¿Es así?'

Ella se dio la vuelta, con una sonrisa de incredulidad en su rostro. '¿De qué coño estás hablando?'

Dan dejó de sonreír. 'Tu constante antagonismo hacia mí, hacia Caroline, incluso antes de irme. El hecho de que, a pesar de tu inteligencia y obvio talento, decides permanecer como camarera en una cafetería. ¿Por qué más sería eso, aparte del hecho de que puedes llegar a pasar muchas horas del día con una mujer hermosa, atractiva, dulce? Oh, sí, tú dices que ella es prácticamente tu hermana, pero esta es la segunda mejor opción, ¿verdad?'

Molly frunció el ceño. 'Eres un maldito loco psicópata, ¿lo sabes?'

Ella se volteó para alejarse de él y entonces él estaba a su lado. Él puso su boca junto a su oído. '¿No te vuelve loca cuando ella te toca cuando pasa a tu lado? ¿Oler su aroma, sentir su piel suave contra la tuya? ¿Sueñas con besarla, su boca contra la tuya? ¿Hundirte en ella? O...'

Dejó de hablar y se limitó a mirarla. Ella trató de empujarlo, pero él puso su brazo y la atrapó contra la pared. '¿Es la imagen de Sarah y Finn juntos lo que te enciende? ¿Acaso te gusta ver, Molly? ¿Te gustaría verlos cogiendo? ¿O es algo más? ¿Acaso ustedes tres juntos? Tú, tu hermano...'

Ella le dio una bofetada en la cara. '¡Fuera de aquí, maldito imbécil!'

Él dio un paso hacia ella, con el rostro desencajado por la rabia. Asustada ahora de la violencia en sus ojos, Molly tomó una respiración profunda, tratando de no gritar. Entonces vio a Finn, apoyado contra la puerta abierta de la estación de policía al cruzar la calle, observándolos. Ella encontró su mirada y sintió que todo su cuerpo se relajaba. Él estaba ahí. Protegiéndola. Él hizo un gesto con la barbilla hacia arriba en una pregunta silenciosa – *¿Estás bien, hermanita?* Ella le dio un muy pequeño movimiento de cabeza. Dan siguió su mirada y, sonriendo, se alejó de ella, volviendo a su mesa. Cogió su taza de café y la vació de un trago. 'Vas a ver mucho más de mí aquí, Molly. Sería bueno si pudiéramos convivir todos juntos.'

Se dio la vuelta y se fue y Molly dejó escapar un largo suspiro. Finn estuvo en la puerta de la cafetería en un instante, su rostro se arrugó con disgusto. Él frunció el ceño a su hermana. '¿Estás bien?'

'Bien-Perfecta', ella le sonrió a su hermano, 'ese imbécil tendrá que hacer mucho más para doblegarme. Dios, es repelente. No me acuerdo de él siendo *así* de espeluznante.'

Ella le sonrió a su hermano. 'Supongo que tú sí, ¿verdad?'

Finn suspiró. 'Por eso es que mantuve la distancia a menos que me necesitaras; cada vez que veo su cara de prepotencia, sólo quiero volarle la cabeza a ese hijo de puta.'

'Bien pensado. Aunque yo creo que lo asustaste. Dan es igual que cualquier otro agresor –un cobarde. Tal vez sólo le gusta tratar de intimidar a las mujeres –el muy idiota piensa que somos el sexo débil.'

Finn le sonrió a su hermana. 'Él es un tonto si lo piensa así.'

Molly se indignó por un largo segundo y entonces se encontró con la mirada de su hermano y vaciló. 'Sarah está segura ahora, ¿verdad? ¿Isaac puede mantenerla a salvo?'

Finn abrazó a su hermana. 'Eso espero.'

Ninguno de ellos lo creía.

Sarah gimió cuando Isaac la despertó y él se rio de su tambaleante forma de caminar al baño. Ella se veía completamente adorable cuando regresó, su cepillo de dientes atrapado en la boca, el pelo enredado, sus curvas divinas se asomaban en un top y pantalones cortos. Isaac, con el torso desnudo, recostado en la cama. Ella agitó su cepillo de dientes sobre él.

'Ves', tenía la boca llena de espuma de pasta de dientes, 'me despertaste y ahora ni siquiera te estás vistiendo.' Miró el reloj y frunció el ceño. 'Nosotros ni siquiera tenemos que estar en la cafetería hasta el mediodía.'

Isaac, sin arrepentimiento, se encogió de hombros, sonrió. 'Tenemos algunas cosas sexys que hacer antes de eso.'

Ella entornó los ojos, pero sonrió. 'Eres insaciable. Ven a cogerme en la ducha entonces.'

Isaac seguía riendo mientras la siguió hasta la ducha. 'Me encanta tu boca sucia.'

'Quédate tranquilo y cógeme duro, esposo.' Él sonrió cuando entraron bajo el chorro caliente y ella alcanzó su pene, acariciándolo entre sus manos, acunando sus testículos con sus manos, apretando suavemente. Él deslizó su mano entre las piernas de ella, sintiendo su sedosa piel allí descubierta, deslizó sus dedos entre sus labios vaginales para acariciarla. A medida que el agua les caía encima, él tomó un pezón en su boca, mordiendo suavemente la punta, chupándolo hasta que ella empezó a pedirle que no se detuviera. Su pene, hinchado y pesado, urgía por estar dentro de ella y entonces él la levantó con facilidad y lo empujó dentro de ella, presionando su espalda contra la baldosa fría de la ducha, moviendo sus caderas contra las de ella. A medida que el ritmo se aceleró, perdieron el equilibrio y cayeron, riendo, al suelo. Todavía erecto, él la levantó y la llevó de vuelta a la habitación, dejándola caer sobre la cama, sin preocuparse de que estaban mojando las sábanas. Empujó sus piernas para separarlas y penetró en ella, sonriéndole luego, besándola tan profundamente que ella tuvo que tomar aire. Él sintió el cuerpo de ella temblar, su espalda arquearse mientras acababa, su propio orgasmo irrumpió a través de él un instante después, mientras disparaba su semen caliente en el interior de ella.

Hicieron el amor toda la mañana, disfrutando los resultados de su luna de miel extendida. Mañana volverían a sus puestos de trabajo —en el caso de Sarah, sólo por un corto período de tiempo, mientras que Molly contrataba y capacitaba a un nuevo personal para el Varsity.

Camino a la isla, Sarah miró a Isaac con recelo.
'Tienes algo, Iss, te conozco. ¿Qué es?'

'Nada' insistió él pero su amplia sonrisa lo desmintió y ella se rio.

'Hombre, tienes la peor cara de disimulo.'

Isaac se volvió hacia ella. 'No averiguaste dónde íbamos de luna de miel, sin embargo, ¿verdad?'

Sarah murmuró, admitiendo que él había ganado esa.

'París fue como un sueño. Me puedo imaginar viviendo allí, pasando el rato en uno de los cafés hasta altas horas de la noche, caminando a lo largo del Sena en la lluvia, los domingos por la mañana.'

'No hay ninguna razón por la que no podamos vivir allí, incluso si es sólo por un tiempo. Puedo trabajar desde casa.'

Sarah sonrió. 'Aunque eso puede parecerse al cielo, te aburrirías de mí.'

'Eso nunca sucedería.'

Isaac sacó el coche de la pasarela hasta el ferry y se dirigió a la calle Main. Sarah se sentía extraña de volver —se dio cuenta que, con su matrimonio, había dicho adiós a este lugar en más de un sentido.

Ella frunció el ceño cuando vio las sombras del Varsity cerrado. 'Esto es raro. ¿Está cerrado?'

Isaac miró por la ventanilla del coche. 'No, veo a la gente moverse allí.'

Sarah sonrió. '¿Tienes visión de rayos X?' Pero ella se bajó del coche. Isaac le tendió la mano y juntos entraron en el Varsity.

'¡Sorpresa!' La cacofonía de los aplausos hizo a Sarah saltar hacia atrás, al cuerpo sólido de Isaac, con las manos apretadas contra su pecho.

'¡Maldición!' exclamó ella a la risa de la multitud reunida.

'¿Qué diablos es esto?' Ella comenzó a sonreír al reconocer a sus amigos de la isla, su familia.

Molly se acercó para abrazarla. 'Es tu fiesta sorpresa de agradecimiento. Por el Varsity.'

Sarah estaba conmovida más allá de las palabras. 'No debiste.' Sin embargo, Molly e Isaac compartieron una mirada —sabían que ella estaba encantada. Sarah miró a su alrededor.

'¿Dónde está Finn?'

Molly parecía incómoda. 'Está trabajando, cariño. Te envía su cariño.'

Sarah sonrió, con el corazón dolido por su amigo ausente,

pero pronto ella estaba hablando con todo el mundo, poniéndose al día con los chismes, disfrutándose a ella misma. Isaac la observó con una sonrisa en su rostro. *Maldición, eres un hombre con suerte, Quinn.* Molly le dio un golpe amistoso en el costado y él se volvió hacia ella, sonriendo. '¿Buena luna de miel, soldado?'

Isaac se echó a reír. 'La mejor. ¿Cómo han sido las cosas aquí?'

La sonrisa de Molly se desvaneció y ella lo apartó de la multitud. Dan todavía está rondando... no, no te preocupes, no ha pasado nada, es sólo que... él me asusta. Me parece alguien que no ha terminado de hacer lo que vino a hacer aquí, que no ha dejado atrás el pasado... a Sarah.

Le habló de la extraña escena de la noche de la boda; Dan gritando en silencio en la cafetería vacía.

Isaac frunció el ceño. 'Eso no es nada bueno.'

'¿Verdad? Una parte de mí está muy contenta de que Sarah vaya a vivir en la ciudad contigo y tu muy útil equipo de seguridad. Aunque la echaré de menos, estoy feliz de que ella va a estar lejos de él.'

Isaac caviló en silencio. '¿Crees que valga la pena intentar pagarle para que desaparezca? ¿Conseguiría así que él se vaya? ¿Funcionaría eso?'

'No creo que el dinero sea su objetivo de juego.'

Isaac miró a Sarah. Se veía tan feliz, mucho más que en los últimos meses. Isaac se volteó hacia Molly. 'Voy a tener que hacerlo seguir. Si él se acerca a ella, entonces yo voy a tratar con él.'

Molly asintió con tristeza. 'Por favor,' dijo ella en voz baja, 'no quiero más violencia, sólo mantenla a salvo. Has lo que sea necesario.'

FUE CUANDO LA FIESTA ESTABA EN SU APOGEO CUANDO Caroline Jewell apareció. Sarah entornó los ojos, pero le dijo a

56

Molly que no se molestara cuando ella se ofreció a echarla. 'Sinceramente, me importa una mierda todo sobre ella. Ella se lo buscó.'

Un cuarto de hora después Caroline se dirigió a Sarah. Ella pasó sus enrojecidos ojos de arriba a abajo sobre el cuerpo de Sarah.

'Yo trato y trato, pero no puedo ver que es lo que todo el mundo ve en ti. Tu multimillonario, Dan, Finn – ¿Acaso tienes una vagina magnética? ¿Sabes coger en setenta posiciones diferentes?'

Sarah de repente se dio cuenta que Isaac estaba detrás de Caroline con una seria mirada en su rostro. Ella le sonrió y luego volvió a mirar a Caroline.

'Ochenta, y sí, de hecho, tengo una vagina magnética.'

Detrás de Caroline, Isaac sonrió. Caroline entrecerró los ojos hacia Sarah, claramente tratando de averiguar por qué no agarraba al cebo.

'¿Te estás ablandado, Bailey?'

Sarah suspiró. 'No quiero pelear más, Caroline. Ni contigo, ni con nadie. Tu misma te las ingeniaste para envenenar tu vientre, Caroline. Finn no te amó nunca, me lo dijo desde hace mucho tiempo. Pero tú no lo amaste a él tampoco, ¿verdad? Hiciste infelices a los dos; yo no tuve nada que ver con eso. Vamos a dejarlo ya.'

Caroline sonrió, pasándose una mano por el creciente bulto en su vientre. 'Bueno, al menos tengo esto para continuar adelante también.' Ella encontró la mirada de Sarah. 'Una pena para ti creo. ¿No puedes darle tu oportunidad al hijo y heredero? Guao, eso tiene que impactar en el acuerdo prenupcial.

'¿De qué coño estás hablando?' Sarah había palidecido y ahora Isaac se interpuso entre las dos mujeres.

'Es hora de que te vayas, Caroline.'

Sin vergüenza, Caroline le sonrió. '¿Qué hay de ti? ¿Seguramente quieres niños, Sr. multimillonario?'

El rostro de Isaac era difícil. 'No es que sea de tu incumbencia, pero nunca lo he considerado.'

'*¿De verdad?*'

Isaac tomó el brazo de Caroline y la empujó hacia la puerta. Caroline se resistía. 'Dile a ella, Isaac.' Isaac la ignoró y Caroline levantó la voz por encima del ruido de la fiesta. '¡Dile a ella! ¡Infórmale a tu esposa estéril acerca de tu hijo!

Su chillido trajo un alto a la charla de la reunión. Isaac miraba a Caroline con horror. '¿De qué demonios estás hablando?' preguntó él en voz baja. Caroline miró directamente a una Sarah congelada.

'Tu hijo, Isaac. El que abandonaste cuando conociste a Sarah.'

Sarah se quedó sin aliento –su corazón sonaba roto.

Isaac cerró los ojos. La habitación estaba totalmente en silencio por un momento antes de que Sarah finalmente hablara, con voz rota. '¿Isaac?'

Antes de que Isaac pudiera responderle, Caroline rio, aplaudió con sus manos juntas. '¿Saben lo que siempre me ha gustado? Encuentros.'

Isaac dio un paso hacia ella, pero Caroline se precipitó hacia la puerta y la abrió. 'Puedes entrar ahora.'

El corazón de Sarah estaba fallando, su respiración era entrecortada, conmocionada. Una mujer rubia entró en la cafetería llevando un bebé, que no tenía más de un año. Tenía rizos castaños oscuros y grandes y curiosos ojos verdes. No había duda de quién era hijo.

Sarah miró, finalmente, a su esposo, tratando de formular las preguntas que estaban dando vueltas en su mente, pero nada salía. Él había dicho que habían sido años... y ni una vez mencionó a su hijo. *Su hijo.*

Isaac, apenas reconoció a la mujer rubia, se volvió hacia Sarah, la desesperación en sus ojos. 'Sarah...' Él se acercó a ella, pero ella apartó sus manos.

Finalmente, ella habló, un gruñido lleno de dolor, de traición, de dolor. '*Bastardo*. Aléjate de mí.'

Ella se tambaleó hacia atrás y se abrió paso entre los invitados a la fiesta, todos de pie alrededor en un incómodo silencio. Sarah casi se arrojó en el cuarto de atrás y cerró la puerta tras ella. Tantos sentimientos se arremolinaban en ella que no podía procesarlos todos. En su lugar, ella simplemente se concentró en comprender lo que le estaba rompiendo el corazón.

Isaac era un mentiroso.

En la cafetería, Molly finalmente entró en acción. Empujó a Isaac hacia la mujer rubia y su hijo. 'Tú vete. Ve a lidiar con eso, yo voy a ver a Sarah. *Ve.*'

Sin decir nada, con el dolor grabado en su cara, Isaac obedeció, llevando a la mujer rubia afuera. Molly dudó un momento antes de volverse hacia Caroline.

'Maldita perra,' dijo ella, sin preocuparse de lo que pensaran las otras personas, 'que bajo has caído pedazo de escoria humana. ¿No podías hacerlo, verdad, no podías permitir que ella fuera feliz? ¿Qué demonios pasa contigo?'

Caroline sonrió y Molly dio un paso hacia ella. Mike se lanzó hacia delante y cerró sus brazos alrededor de su esposa. 'Tú' le gruñó a Caroline 'sal de aquí y no vuelvas.'

Caroline miró alrededor de la habitación, su sonrisa se desvaneció al ver el odio en los rostros de los amigos y seres queridos de Sarah. Ella levantó su barbilla.

'Esa perra tiene lo que se merecía –al menos por ahora.'

En el momento en que Caroline se fue, Molly se precipitó a la cocina. '¿Sarah? ¿Cariño?'

Sin respuesta. Se volvió a mirar a Mike. 'Llama a Finn,' dijo ella pidiendo a su hermano ausente, 'Voy por la puerta de atrás.'

La gente empezaba a salir ahora, avergonzados por la forma en que la fiesta había terminado. Molly se abrió paso a través de ellos hacia la calle. Isaac y la mujer con el niño no estaban por ningún lado. Molly dio la vuelta hacia la parte posterior del Varsity, hacia la puerta trasera, y se detuvo. Estaba abierta. De inmediato supo lo que encontraría cuando entró en el cuarto de atrás.

Sarah se había ido.

SARAH HABÍA CORRIDO HACIA LA LLUVIA, LLORANDO, CIEGA de dolor. Siguió caminando, sin preocuparse de que estaba empapada hasta los huesos, sin prestar ninguna atención a dónde iba. Ella sintió que su razón, su tranquilidad, su cordura, se desvanecían. La oscuridad se apoderó de ella. *Si solo sigo caminando, puede desaparecer y entonces no habrá ningún dolor...*

Después de unos minutos, oyó un automóvil aproximándose detrás de ella. *Por favor, por favor que no sea Isaac*, rezó. Se volvió hacia el coche cuando se detuvo junto a ella, la ventana zumbó mientras bajaba.

'Estás empapada.' Dan salió del automóvil y se quitó la chaqueta. La envolvió y ella dejó que la condujera al asiento del copiloto. Él no dijo nada más mientras él la conducía a su casa —su antiguo hogar. La envolvió con su brazo alrededor de sus hombros y abrió la puerta. La casa hizo eco con el vacío.

Dan cogió una manta de la secadora y la envolvió alrededor de ella. 'Ve arriba y quítate esa ropa. Hay una bata colgada en el baño. Vamos a secar la ropa aquí abajo. Te voy a hacer un poco de chocolate caliente y nos sentaremos y hablaremos —como antes, recuerdas.'

Como un autómata, ella obedeció, casi catatónica por el dolor y el shock. Apenas se daba cuenta que era *Dan* cuidándola, *Dan* siendo amable. Subió, se desvistió hasta su ropa interior y se puso la bata alrededor de sí misma. Olía a jabón de pino.

Dan se encontró con ella en la parte inferior de la escalera. Ahora ella intentó centrarse en su cara, su mente la arrastraba de vuelta a Isaac —dios, incluso pensar en su nombre era doloroso. Dan estaba sonriendo, con ojos amables, sosteniendo una taza de humeante chocolate.

Ella dejó que él la colocara en la esquina del sofá, colocó la bebida en su mano. La dulzura caliente se sentía bien en su estómago vacío. Dan se sentó enfrente, sin meterse con ella, sin tocarla. Se preguntó por qué él no le preguntaba qué había pasado y entonces recordó. Caroline lo debe haber llamado para regodearse.

'¿Sabías que ella iba a hacer eso?'

Dan negó con la cabeza. 'Ella me llamó después. Cuando te vi en el camino, yo sabía que tenía que ayudarte. Te veías tan perdida.'

Sarah apartó la mirada de él, tomó un sorbo de su bebida. Qué extraño era estar de nuevo aquí, con Dan. Era como si los últimos años hubieran desaparecido. Excepto por el platinado anillo de bodas que brillaba en su dedo.

Ella estaba *casada*. Con Isaac, el hombre que amaba, el hombre que había mentido sobre algo monumental, algo tan extraordinariamente importante, ella no podía ver más allá de esa mentira.

'No sé qué hacer.'

Dan levantó las cejas. '¿Acerca de qué?'

Ella soltó una breve carcajada. 'Acerca de todo. Todo lo que era tan seguro esta mañana se ha ido. Finalizado. Estaba tan segura...' Su cara se descompuso y ella se volteó, alejándose de él. Él observó sus hombros temblando por un momento, luego se levantó, se sentó junto a ella y la tomó en sus brazos.

'Chis. Está bien, nena.' Él apretó su abrazo. Ella sollozaba en silencio en su pecho y luego tomó una respiración profunda.

'Lo siento, Dan. No pretendo que cargues con todo esto. No es tu trabajo escuchar mis problemas nunca más.'

Él le sonrió. 'Siempre seremos familia, Sarah, por supuesto que es mi trabajo. Es lo mínimo que puedo hacer después de lo que te hice pasar.' Le apartó el pelo de la cara, limpió las lágrimas de sus mejillas con sus grandes pulgares. Él la miró y le sonrió. Sarah se apoyó contra él por un momento. Dan inclinó la cabeza y, por un segundo, ella pensó que iba a besarla. El pánico se filtró en ella. *Por favor, no, yo no quiero esto.* Ella dejó escapar un suspiro cuando Dan simplemente rozó sus labios contra su frente.

'¿Estás bien ahora?' Su voz era suave.

'Sí. Gracias.' Ella se apartó de él y cogió un pañuelo de papel. Dan se apartó de nuevo, se echó hacia atrás en su silla.

'Dime que necesitas, Sarah. Cualquier cosa. Estoy aquí ahora. Déjame cuidar de ti.'

Una ola de agotamiento la inundó. Miró por la ventana. Era solo tempranas horas de la tarde, pero el cielo estaba oscuro, con nubes de lluvia. Su cabeza daba vueltas y cerró los ojos.

'¿Estás bien?'

Tan cansada. Tan cansada. 'Yo creo que yo...' Su voz se apagó. Ella lo sintió colocar una manta sobre ella, acomodar su cabeza sobre una almohada. Desde afuera, le pareció oír un coche rugiendo por el camino de tierra hasta su casa. La voz de Dan se hizo eco en sus oídos.

'Duerme, querida. Has tenido un mal día. Solo descansa, nena, descansa.'

Su voz sonaba como a un millón de millas de distancia... finalmente, Sarah se abandonó y dejó que la oscuridad la cubriera.

Isaac condujo hasta que estuvo casi en la casa de ella y luego apagó las luces. Se sentó en el coche por un momento, discutiendo consigo mismo. *Esto es una completa cagada.* Dejó caer la cabeza entre sus manos, pero después de un instante, se bajó del coche y caminó la casi media milla hasta la antigua casa de Sarah. Cuando uno de los clientes habituales de la cafetería le había dicho que vio a Dan a recogerla y enfilar la dirección hacia la casa de ella, su corazón se había cerrado a cada emoción. No había luces encendidas en la parte delantera de la casa, pero podía ver la luz proyectarse hacia afuera de la puerta trasera. Los músculos de la mandíbula de Isaac estaban apretados. Caminó lentamente por un costado de la casa, pero se detuvo cuando vio la luz en la sala de estar. Dan estaba allí, con Sarah. No podía ver el rostro de ella, pero según la reacción de Dan, estaba hablando con él. *Acerca de ti, imbécil*, se dijo a sí mismo. Isaac se tragó la ira en él, pero no podía apartar los ojos. Dios... lo que daría por dar marcha atrás al reloj, decirle a Sarah sobre el niño justo desde el inicio. Cuando Clare le había dicho que estaba embarazada, él había sido sincero con ella. Le pagaría generosamente por la manutención del niño, le daría al niño un fondo fiduciario sustancial –le daría a Clare dinero para ella- pero él no quería ser parte de ella o de la vida del niño. Cuando él vio al niño –Billy- hoy, todo lo que él podía pensar era *–tu deberías ser hijo de Sarah –hijo de Sarah y mío.* La expresión del rostro de Sarah, cuando se dio cuenta de la verdad, él nunca la olvidaría. Le había roto el corazón, su frágil confianza. La miró por la ventana, de espaldas a él, el cabello oscuro rizado sobre su espalda, los hombros caídos que le decían que estaba llorando. *Lo siento, lo siento mucho...*

Entonces Dan pareció mirarlo directamente a los ojos. El estómago de Isaac se sacudió mientras observaba la sonrisa del ex marido de Sarah, quién extendía su mano y acariciaba la mejilla de Sarah con ternura, posesivamente. Isaac quiso, allí mismo, sacarle la mierda al tipo, pero en ese instante su corazón se resquebrajó cuando Sarah se acostó y Dan la siguió, cubriendo su cuerpo con el suyo. Isaac se retiró rápidamente de la escena, pero no sin antes ver las manos de Dan en su pelo, y la boca contra su piel. Isaac se montó a tropezones en su automóvil y aceleró de nuevo hacia la ciudad, cegado por el dolor. Se detuvo afuera del Varsity y dejó que el dolor se hiciera cargo. Sollozaba entre sus manos, sin importarle si alguien lo veía.

Dan podía haber reído en voz alta. El tonto multimillonario había estado escondido fuera de la ventana, observándolos a ellos, y entonces el medicamento se hizo presente y Sarah se había desmayado en sus brazos. ¡Lo que debe haberle parecido! Él se le había ido encima, besándola, ocultando el hecho de que ella estaba inconsciente. La angustia en el rostro de Isaac. Dan sonrió. Escuchó el débil sonido del arranque del automóvil de Isaac y su huida a toda velocidad. Sarah yacía inerte en sus brazos. Él la cargó, besándola con suavidad y la llevó hasta su cama.

Durante un tiempo, él simplemente se sentó con ella, observándola, luego regresó a la sala de estar. Tomó la taza medio vacía de Sarah con el chocolate caliente y se metió en la cocina. La lavó con cuidado, para asegurarse que el residuo de la droga había desaparecido. Ketamina. Sonrió para sí mismo. Todo había salido a la perfección. Había sido un plan finamente equilibrado pero él sabía que si ellos lograban ejecutarlo, se sentiría victorioso. Lo fue. Tomó su teléfono celular y envió un mensaje a Caroline. *Lo hiciste bien. No lo olvidaré.*

Un segundo más tarde. *¿Ahora qué?*

Tan impaciente siempre, pero Dan sonrió. *Ahora, yo te cumpliré tu mayor deseo.*

Él no podía esperar a la siguiente parte.

Caroline dejó caer de nuevo la cortina sobre la ventana. Ella había escuchado el chirrido del auto al estacionarse fuera del Varsity. Observó a Isaac Quinn sollozar y sonrió. *Disfruta tu miseria, bastardo.* Se frotó el vientre. El bebé no había sido parte de su plan, pero ahora que estaba ahí... Caroline Jewell no estaba acostumbrada a sentirse así por otra persona. Su bebé. El bebé de Dan. Además de la ventaja de disfrutar mirarle la cara a esa perra cuando ella había anunciado la existencia del hijo de su amado esposo a toda la cafetería. La mirada en la cara de Quinn. Había sido casi como si ella pudiera escuchar su corazón romperse. Caroline fue a la cocina y cogió el cuenco de palomitas del microondas. Puso una cotufa en la boca, enroscando su lengua alrededor de la sal, sintiendo como la náusea del embarazo desaparecía. Caminó de regreso a la sala, corrió nuevamente la cortina, se sentó en el alféizar y observó mientras Isaac Quinn lloraba por su amor perdido.

El incesante pitido de su teléfono celular irrumpió a través del pesado velo del sueño. Sarah, con los ojos cerrados, palmeó sobre la cama tratando de localizarlo y cerró su mano alrededor de su bolso. Ella abrió los ojos y se quedó mirando hacia el techo familiar. Por un segundo, estuvo desconectada, entonces se acordó y el dolor la inundó de nuevo.

Para distraerse a sí misma, abrió su teléfono. Gran error. Cada texto era o de Isaac pidiéndole que hable con él o de Molly, frenética, preguntándole si estaba bien. Giró las piernas por encima del borde de la cama y se puso la bata sobre su ropa interior.

Sarah bajó las escaleras y entró a la cocina. Sus ojos eran cautelosos cuando vio a Dan sentado a la mesa, leyendo el periódico. Él miró hacia arriba y le sonrió.

'Oye, mira quién está parada.' Él se puso de pie y la besó en la mejilla. '¿Cómo te sientes?'

Ella le dio una pequeña sonrisa. 'Mejor. Dan, no entiendo por qué... ¿qué hora es?' Miró por la ventana en la oscuridad.

Se rio y echó un vistazo a su reloj. 'Son casi las 9 de la noche del miércoles.'

Ella se sentó de un tirón, asombrada. '¿*Miércoles*?'

Él sonrió y se levantó para verterle su café. 'Estabas agotada y creo que agarraste un virus. Vomitaste un par de veces. No quisiste que llamara a un médico, así que me quedé aquí y cuidé de ti.'

Ella tomó un sorbo de café caliente. 'Gracias, eso fue muy amable de tu parte. No recuerdo nada de esto.'

Ella no pudo ver la sonrisa en la cara de Dan; cuando levantó la vista, la expresión de él era de preocupación. Ella trató de sonreírle. 'Dan, esto está mal... yo no debería estar aquí. De todos los lugares, yo no debería estar *aquí*. Necesito hablar con Isaac. Necesito resolver esto de una manera u otra.'

Dan asintió. 'Como quieras.' Ella lo miró detenidamente, tratando de calibrar si él estaba siendo genuino o no. Él le sonrió. '¿Puedo pedirte un favor?'

'Por supuesto.'

Él tomó una respiración profunda. 'En primer lugar, recupérate, hazte más fuerte. Pasa el próximo par de días conmigo. Sólo tendremos que hablar. Terminar las cosas entre nosotros de la manera en que yo debería haberlo hecho hace dos años. Necesito cerrar esto, Sarah. Luego, tu podrás volver e intentar resolver lo que quieras.'

Sarah estaba desconcertada. *Este* Dan... ella nunca lo había visto así. Los cambios bruscos en su personalidad deberían preocuparla, ella lo sabía, pero en este momento en particular, ella tomaría esta versión de conciliación, amigablemente. Era al menos una batalla menos que pelear.

'De acuerdo.' dijo ella lentamente. 'Es un trato. Pero necesito al menos llamar a Isaac. Y a Molly. Ella está probablemente volviéndose loca. Dios... mi ropa.'

Dan sonrió. 'Hay algunas cajas con tus cosas que debes haber olvidado en tu prisa por escapar de mí —quiero decir- de la casa. Están en la habitación de invitados.'

Ella se puso de pie. 'Creo que voy a darme una ducha.' Ella vaciló antes de salir de la cocina. 'Gracias, Dan. En serio, gracias por ser un amigo....'

Él levantó la taza de café hacia ella y ella le sonrió.

Arriba, ella encontró su ropa en la habitación de invitados —y vio que la cama estaba arrugada. Así que Dan había dormido aquí. Sarah dejó escapar un gran suspiro de alivio. *Gracias a Dios.* Ella había estado tan fuera de sí que no sabía

66

cómo había llegado a la cama –y si él había dormido a su lado. Ella estaba conmovida de que él no había cruzado esa línea.

Se duchó, se cambió a una camiseta de gran tamaño y lavó su ropa interior en el lavamanos.

Al entrar en su antiguo dormitorio, cerró la puerta y agarró su teléfono.

Molly respondió enseguida. '¿Estás bien?'

Solo escuchar su voz hizo que Sarah quisiera llorar. 'Estoy bien... Me enfermé. Necesitaba un poco de espacio.'

Molly dejó escapar un largo suspiro. 'Isaac se está quedando aquí, con nosotros. Es un desastre, Sarah.'

Las lágrimas empezaron a caer entonces. 'Mol... yo solo...' Un sollozo escapó.

'Oh cariño.' Molly sonaba molesta. Sarah tomó una respiración profunda.

'¿Estoy haciendo una gran cosa de todo esto?"

'¿Del hecho de que tu esposo eligió no hablar del niño que tuvo con su ex mujer? ¿Del niño que aún está en pañales?' Su voz tenía un tono duro a pesar de que ella hablaba bajo. 'No, Sarah, tienes todo el derecho de estar enojada. Después de todo lo que has pasado en.tu vida, tu pensabas que Isaac era la roca firme que tu necesitabas.'

'Pero...' terminó Sarah por ella.

'Pero sí, es necesario que hablen. No me malinterpretes, yo quiero que ustedes dos pongan en orden sus problemas y yo puedo estar furiosa con Isaac pero yo lo amo –porque sé que él te ama. Evitar el problema no ayuda. Y, Sarah, ¿qué demonios estabas pensando al quedarte con Dan, de todas las personas? Jesús...' Molly mordió sus palabras.

Sarah esperó un momento antes de hablar en voz baja. 'Mols... Dan ha sido... amable. Realmente amable.'

Molly rio a medias. '¿Seguro que estamos hablando del mismo Dan Bailey?'

Sarah tuvo que reírse de eso. 'Lo sé. Es como él era cuando nos conocimos.'

Molly suspiró. 'Ese Dan no duró tanto tiempo, ¿recuerdas? Sólo ten cuidado. Mira, yo creo que necesito ir a verte y entonces podemos trabajar en que tú e Isaac coincidan en una misma habitación. Ustedes necesitan un tiempo a solas.' Ella bajó la voz de nuevo. 'Hay un multimillonario en mi sofá. Mike dice que es el comienzo de un reality show muy malo.'

Sarah se rio. 'Te amo. Sí, ven, por la mañana. No puedo esperar a verte.'

'¿Qué debo decirle a Isaac?'

La sola mención de su nombre le daba ganas de llorar.

'Dile que... hablaremos pronto. No puedo decirle más que eso.'

'Eso es suficiente por ahora, cariño. Él se alegrará de saber cualquier cosa.'

Sarah cerró los ojos. 'Lo amo, Mols, pero yo no sé si lo podré perdonar.'

Se metió en la cama unos minutos más tarde, oyó a Dan subir por las escaleras. Lo oyó hacer una pausa en la puerta de su habitación, vio la sombra de sus pies en la franja de luz bajo la puerta. Un segundo después la luz se apagó y ella escuchó la puerta de la habitación cercana. Dejó escapar el aliento que había estado conteniendo, se dio cuenta que había estado muy tensa durante toda la noche, todo su cuerpo le dolía. Se quedó mirando el techo tratando de aclarar su mente. Las palabras de Molly volvieron a ella. *Ustedes necesitan un tiempo a solas.* Se dio cuenta entonces del sentimiento de alivio que esas palabras le habían dado. Ella amaba a Isaac y cualquiera que fuera su problema, ellos iban a solucionarlo. Mañana, decidió, mañana ella comenzaría a cambiar su vida, para volver a ser quien ella quería ser, no la que todo el mundo pensaba que ella era o que debería ser. Lo que ella tenía miedo de convertirse, *aterrada* de convertirse. Una mujer que escapaba de sus problemas. Una mujer como su madre. Apartó ese pensamiento mientras dejaba que el golpeteo de la lluvia la condujera a su sueño.

'Ese maldito no me dejó verla' le dijo Molly en el momento que regresó de la casa de Sarah. Había conducido a la casa tan pronto como Mike se fue a trabajar y había vuelto casi inmediatamente, enojada.

'¿Qué?' Isaac, demacrado, agotado, no estaba prestando atención a lo que ella estaba diciendo. No había dormido en absoluto. Molly lo había visto llorando en su coche fuera del Varsity y había llegado a él, llevándolo gentilmente a su casa. Ella no podía pensar en nada que decir que fuera para él un consuelo. Él se disculpó una y otra vez con ella, le contó toda la historia, se reprendió a sí mismo por echarlo a perder.

Él había yacido en su sofá en las últimas noches, no quería volver a su casa en la ciudad —no sin Sarah. Se mantuvo imaginando a Dan Bailey tocándola y quería regresar y golpearlo, hasta sacarle la mierda. Cuando entró en la cocina esa primera mañana, Mike y Molly lo hicieron sentir bienvenido, mantuvo el hilo de la conversación frente a sus niños, quienes miraban a Isaac como si fuera un extraterrestre. Sabía que tenía que dar miedo, se sentía como una mierda. Mike había llevado a los niños con él cuando se fue a trabajar y Molly se había ofrecido para ir a hablar con Sarah.

Isaac se levantó, empujó la silla hacia atrás. 'Voy a ir allí.'

Molly lo bloqueó con el cuerpo. 'No. Eso es un error. Sarah no está lista para verte.'

Isaac levantó las manos. 'Entonces, ¡dime qué hacer! No sé qué más hacer. Lo único que quiero en este mundo es verla, disculparme, traerla de vuelta. Volver a nuestras vidas. Saúl está cubriéndome otra vez en el trabajo.'

'Entonces, vuelve a trabajar. Has que esa parte de tu vida funcione normalmente. No te deprimas. Eres Isaac Quinn, por el amor de Dios. Deja que Sarah vea que quieres mantener entero el soporte de sus vidas. Ella se sentirá más inclinada a volver a una vida que no se ha caído a pedazos.'

Isaac le dio una cálida sonrisa. 'Molly, me encantaría que hubieras sido mi hermana.'

Ella entornó los ojos, se ruborizó. 'Señor Dios, no necesito otro hermano.'

'¿Dónde *está* Finn? No lo he visto desde nuestra bod... él se calló. Molly le frotó el brazo.

'Finn está reorganizándose. Lo mismo deberías hacer tú. Ve, sal de aquí. Todo irá bien al final.'

'¿Lo crees?'

'Lo sé.'

Sarah llamó a Isaac tres días después. Hablaban con voces vacilantes, con mucho miedo de decir lo que realmente sentían. Quedaron en verse un día más tarde, en la ciudad, en un bar que a ellos les gustaba mucho.

Cuando ella lo vio, tan guapo en su traje oscuro, su estómago le dolió. Él parecía cansado, agotado y ella quería correr a sus brazos. Su sonrisa cuando él la vio era de preocupación pero seguía siendo la más bonita para ella.

'Hola,' dijo él mientras se levantaba para saludarla. Sin hablar, él la envolvió con sus brazos y la sostuvo. Dios, se sentía tan bien estar en sus brazos, pero Sarah se obligó a salir del abrazo. Ella sonrió para suavizar su desprecio. 'Sentémonos y hablemos, Iss.'

Ella casi llora cuando los ojos de él se iluminaron al ella llamarlo por su apodo. Se le había escapado, pero se sentía bien. Él *era* su Iss, su pareja, su amor. Él estaba a un millón de millas del empresario multimillonario retratado en los periódicos.

'Te extrañé,' dijo ella, 'Y yo sé que no tengo derecho a decirlo porque me escapé. Siento mucho no haberte dado la oportunidad de explicarte sobre… el niño.'

Isaac la tomó de la mano. 'No tienes que lamentarte por nada. Fue *mi* metida de pata. Sí, el niño, Billy, es mío, Clare no me dijo que estaba embarazada hasta después de que él nació. Tuve que hacer una prueba de paternidad para confirmarlo. Le dije que iba a apoyarla a ella y al niño, pero que no tenía ninguna intención de estar en su vida. Suena cruel, pero... yo acababa de conocerte. Si iba a tener hijos, yo quería que fueran contigo. Fui egoísta y estúpido. Sarah, antes de que tú llegaras y me mostraras lo que era realmente importante, yo vivía la vida de un multimillonario. Cualquier problema desaparecía con suficiente dinero para apartarlo. Clare fue uno de ellos.' Sarah contuvo la respiración profundamente. 'Creo que hay un montón de cosas que no sabemos el uno del otro.' Isaac sonrió irónicamente. 'No es verdad. Siempre has sido muy abierta conmigo –acerca de algunas cosas dolorosas, horribles también. Merecías algo mejor.' Ella asintió. 'Te equivocaste.' 'Lo hice y lo siento.' 'Yo también.' Hubo un largo silencio. Isaac miró las manos de ella. 'Sarah... ¿tú y Dan están...?' 'Dios, no,' interrumpió ella, con tono de horror. 'No, definitivamente no. Isaac, lo juro. No pasó nada entre Dan y yo.' Ella vio que sus hombros se relajaban y sonrió un poco, pero todavía le frunció el ceño. 'Sarah, tengo que preguntar... ¿qué demonios estás haciendo regresando allí con él? ¿Después de todo lo que ha ocurrido?' Sarah se encogió de hombros. 'Necesitaba estar lejos. Él fue amable.' Entonces la idea la golpeó, la ridiculez de ella quedándose con su ex marido –el mismo ex marido, que hace sólo unas semanas, ella había pensado que quería hacerle daño. Ella comenzó a sonreír.

'¿Qué *estoy* haciendo?' Ella sacudió la cabeza. 'Dios, qué maldito desastre de mierda.'

Él rio. 'Mira, yo he sido un idiota la mayor parte de mi vida. Es tiempo de madurar.'

'Igual yo. Por Dios.' Ella hizo una mueca y se rio.

Él sostuvo una mano de ella sobre su mejilla y cerró los ojos. 'Sarah, en el siguiente minuto, voy a decir lo que siento, sin tabúes, porque me está matando. Tengo que decirlo. A la mierda las consecuencias.'

Abrió los ojos y se encontró con los de ella. Ella asintió con la cabeza, temblando. 'Okey.'

Isaac suspiró. 'Te amo. Te amo muchísimo, jodidamente demasiado. Dios, estoy tan, tan mal por todo lo que he hecho, lo que ha pasado, porque en un mundo que es justo, nosotros deberíamos estar juntos y, maldición Sarah, yo nunca dejaré que te vayas de nuevo. Nunca. Me pasaré todos los días tratando de hacerle feliz. Así que...' el vaciló 'no conozco ninguna otra manera para expresar lo mucho que significas para mí. Podría decirte que te amo un millón de veces y nunca sería suficiente.'

Ella tenía lágrimas en sus ojos cuando ella le tomó la cara entre sus manos. 'Tú eres la razón por la cual late mi corazón, la razón por la que respiro cada día. Tú lo has sido desde el día en que entraste en el Varsity.' Ella rio, pero sus ojos estaban serios. 'Lo que sea que haya pasado entre nosotros antes de este momento, aquí mismo, justo ahora quiero que sepas que yo te amo. Siempre te he amado, incluso cuando he estado tan enojada contigo que podía escupirte.'

Ambos rieron entonces... 'Es en serio... estos últimos meses han sido, maldición, horribles, repugnantes. Pero cuando pienso en todo lo que hemos perdido... yo no quiero perderte, sobre todo, no por los errores del pasado. Por favor, sólo... nunca me mientas otra vez sobre ninguna cosa, incluso si piensas que me hará daño o me asustará o me enojará. Por favor. Prométeme eso y seré tuya.'

'Dios, sí, lo prometo, Sarah, te lo prometo...'

Entonces la besó, derramando hasta la última gota de anhelo en el abrazo. Ella tiró de él más cerca queriendo hundirse dentro de él, nunca lo dejaría ir. Por último, sin aliento, se separaron. Por un largo momento solo se miraron el uno al otro.

'Ven a casa,' dijo Isaac en voz baja. 'Por favor. Vamos a arreglar esto juntos.'

Ella sacudió su cabeza. 'Todavía no. Un par de días más. No quiero cagar toda la buena voluntad de Dan y tu necesitas ver a tu hijo.'

'Yo...'

Ella asintió. 'Hazlo. Conócelo, ve si lo quieres en tu vida. Si es así, voy a estar allí al cien por ciento. No es su culpa. Por mí, por favor. Sé lo que es tener un padre que te rechace. Y yo necesito cerrar las cosas con Dan. Sé que estamos viviendo aquí ahora, pero prefiero tenerlo a él de mi lado que en contra, además todavía tengo que ir a la isla y ver a Molly.'

Ella puso su mano en el pecho de él.

'Yo voy a volver contigo, Isaac, lo haré. Pero, por favor, sólo por unos días, déjame ordenar todo aquí, atar los cabos sueltos. Ve a ver a tu hijo. Te odiarás a ti mismo si no lo haces. Entonces regresa y yo te estaré esperando.'

'Tengo un regalo para ti' dijo Dan más tarde, antes de que ella pudiera decir nada. Él había estado hiperactivo desde que ella había regresado de nuevo a su casa y ella ahora estaba sentada en su cocina con la frustración, a la espera de que él le diera una entrada. Él metió la mano en su chaqueta y sacó una pequeña caja de terciopelo negro. La dejó sobre la mesa. 'Este es mi... bueno, es lo único que poseo que significa algo para mí. Ábrelo.'

Sarah se sentó a la mesa, pero no tocó la caja. Dan rio, con obvia frustración en su rostro, y agarró la caja. La abrió y se la dio. En el interior, un colgante, un rubí en forma de lágrima del tamaño de una moneda de diez centavos colgando de una delicada cadena de oro. Sarah lo admiró a su pesar.

'Es hermoso, Dan' lo miró de cerca. '¿Es una antigüedad?'

El asintió. 'Era de mi madre. La única cosa que tengo de ella.'

'Es adorable.'

Dan sonrió y le sirvió una copa de champán. 'Quiero que tú lo tengas.'

'Por supuesto que no.' Ella se horrorizó pero Dan se inclinó sobre la mesa.

'No me refiero como una muestra de mi afecto, a falta de una palabra mejor. Quiero decir como algo para que me recuerdes –algo de mi verdadera madre. Y no hay nadie que lo merezca más. Quiero decir, yo no puedo usarlo, ¿verdad?'

Sarah tomó una respiración profunda. 'Dan, aprecio ese sentimiento, de verdad, pero no puedo aceptarlo.'

Los ojos de Dan se apretaron, pero el inclinó la cabeza. 'Como quieras.' Su tono era burlón, pero Sarah se sintió aliviada de todos modos. Dan asintió con la cabeza hacia la copa de ella. 'Bebe y te dejaré sola.'

❧

Isaac esperaba por Clare para abrir la puerta, pasando de un pie a otro. Ella se había sorprendido cuando él la había llamado, pidiendo ver al niño. Ahora él estaba en la puerta de su habitación de hotel.

Ella abrió la puerta cargando al niño y, por primera vez, Isaac se quedó mirando a su hijo. El niño miraba hacia atrás y acercó una mano regordeta hacia él. Isaac le dejó envolver sus diminutos dedos alrededor de su dedo pulgar. Clare brillaba 'oye, pequeño Billy,' dijo ella en voz baja, 'este es tu papá. Dile hola.'

La cara del niño se iluminó de pronto y le sonrió a Isaac, quién sintió un cambio dentro de su alma ante la inocente sonrisa del niño.

Este era su hijo. Su niño. Y, finalmente, Isaac empezó a sonreír.

Estaba ocurriendo de nuevo. La niebla descendía sobre su mente, el agotamiento la arrastraba. Pero esta vez, Sarah hizo la conexión, la razón, la causa de la oscuridad. Era

74

demasiada coincidencia. *¿Cómo diablos no me di cuenta de esto antes?* Miró por encima de la botella, con el ceño fruncido, luego de regreso al hombre al otro lado de la mesa. Ella lo vio en sus ojos entonces, vio la ira trabajando en él. Ella trató de mantener su cuerpo erguido, en posición vertical, pero ella sintió su cabeza que empezaba a girar y girar. Dan se sentó en silencio, observándola, sorbiendo su bebida, su mandíbula cambió mientras él apretó los dientes. Sarah tragó, se aclaró la garganta, tratando de empujar el miedo a un lado.

'Dan, ¿tú...?'

'Sé que estuviste con él. Hoy. Te vi. Lo vi a él. Él te estaba tocando.'

Sarah sintió que su cara quemaba. Se puso de pie, se tambaleó, se agarró al mostrador de la cocina. Sintió las manos de Dan en su cintura, guiándola de nuevo a su silla. Él puso sus manos sobre los brazos de la silla, se inclinó sobre ella de modo que su cara estaba cerca de la suya.

'No entiendo, Sarah. No entiendo tu obsesión con ese hombre. Él te ha hecho daño tantas veces, sin embargo, tu regresas a él una y otra vez.' Él miró el collar en la mesa. 'Me pregunto, si Isaac te diera un regalo, ¿lo rechazarías? No, no creo que lo harías.' Su voz era baja, tierna pero su pecho se retorcía con terror. Él estaba acariciando su cara, su cuello. Movió sus manos más abajo, sus pulgares rozaron sus pezones a través del vestido.

Ella trató de levantarse, escapar de la jaula de sus brazos, pero él puso sus dedos sobre su estómago y la empujó hacia atrás en la silla. Todo lo que podía oír eran los latidos de su sangre en sus oídos, su respiración temblorosa. Dan sonrió, rozó sus labios contra los suyos, una vez, dos veces. 'No luches conmigo, nena. Por favor. No me hagas...' Se calló y le tocó la cara de nuevo. 'Tan bonita.'

No quería preguntar, no quería contemplar las consecuencias si sus temores se hicieran realidad. Era tan horrible, el mero pensamiento de eso. Ella le hizo la pregunta de todos modos.

'Dan... ¿Pusiste algo en mi bebida?'

Dan no dijo nada, se limitó a sonreír. 'Estás cansada. Deja que te lleve a la cama.' Él puso a Sarah de pie y la acompañó al pasillo. Al pie de la escalera, él la movió para que ellos pudieran reflejarse en el enorme espejo antiguo que ella había dejado atrás cuando se fue. Se puso de pie detrás de ella, obligándola a mirarse a sí misma. Los labios de él estaban en su oído.

'Mira lo hermosa que eres.' Un susurro. Los brazos de él se deslizaron sobre ella, sus manos vagaban sobre su abdomen, sus pechos. Sarah no podía concentrarse, sus miembros no tenían ni una onza de fuerza, apoyada sobre él, laxa, luchando contra la inconsciencia. Las manos de Dan estaban en su cuello entonces, solo brevemente y cuando las quitó, el colgante carmesí brillaba contra su garganta.

'¿Ves? El color de la sangre. Fue hecho para ti, mi amor.' Su voz era un susurro, pero sus ojos estaban vivos con el deseo. Sus ojos se encontraron en el espejo y su expresión la aterró. Él le quitó su vestido desde sus hombros, dejándolo caer al suelo. Sarah sintió el frío de la noche sobre su piel, sintió sus dedos acariciar su estómago, su vientre, resbalando dentro de su ropa interior, entre sus piernas. Él hundió la cara en su pelo y gimió.

'Por favor... no...' Sarah sintió una lágrima rodar por su mejilla justo cuando ella entraba en la inconsciencia, lo oyó hablar.

'Yo tengo que tenerte, Sarah, ¿comprendes? Tú tienes que ser mía.'

Sarah se sentó en una piscina de agua teñida de rojo por la sangre. Su voz, incrédula, sin aliento, un aullido crudo que se llevó el viento que azotaba al océano frenéticamente, encrespando el agua que bullía golpeando las rocas.

Ella se estremeció con un solo toque, mirando a su alrededor con ojos confundidos, salvajes, con el rostro surcado de lágrimas y sangre. Isaac estaba detrás de ella. Estaba sonriendo, pero sus ojos oscuros eran planos y en ellos, ella podía ver el deseo y el odio a partes iguales. 'No puedes salvarte, Sarah' Él inclinó la cabeza hacia un lado, moviendo los ojos hacia el cielo y luego de nuevo a ella.

'¿Puedes oírlo, Sarah?'

El viento. Pero no era el viento, era una voz, una voz de mujer que subía y bajaba con el sonido de las olas, discordante y espeluznante.

Recibí la alegría, alegría, alegría, alegría, profundamente en mi corazón...

'No... No...' Sarah le gritó al sonido, tratando de ahogarlo. Isaac se rio y miró más allá de ella, Sarah se volteó entonces para ver a su madre, desnuda, con sangre de su garganta desgarrada corriendo por su cuerpo. Ella caminaba hacia ella, sonriendo. Sarah no podía respirar. Ella sintió un movimiento en sus manos y miró hacia abajo. Isaac estaba sonriendo, pero no era la sonrisa que ella conocía, la que ella amaba. Era un rictus retorcido, desencajado.

'Vas a morir, nena.' Su voz era como el de un anciano susurrante.

Ella intentó moverse, pero descubrió que estaba congelada. Su madre e Isaac la agarraron ahora, su toque frío quemaba. La presionaban, la apretaban. Ella trató de gritar, su madre sonrió. Sarah observó mientras ella sacó un cuchillo, tomando el brazo de Sarah en su toque helado, pasó la hoja a través de sus muñecas. Dolor. La mano de Isaac estaba en su rostro, sosteniendo sus ojos abiertos, obligándola a ver como su madre tallaba cortes profundos en las muñecas color carmesí de su hija. Sarah estaba suplicando ahora. Su madre, sin dejar de cantar, inspeccionó su trabajo, luego le entregó el cuchillo, con una sonrisa, a Isaac. Él lo levantó, la mano agarrando el mango, lo que una vez fue su hermoso rostro ahora era una burla, una máscara que temblaba con locura. Sarah lo miró fijamente, tratando de encontrar al hombre que había amado, pero en sus ojos solo encontró la muerte.

'Por favor,' susurró ella, 'el bebé'. Ella deslizó una mano ensangrentada sobre su estómago. 'Es todo lo que tengo ahora. Por favor.'

Isaac miró a la madre. Por un momento todo estaba en silencio, salvo por el latido del corazón de su hijo no nacido, entonces, cuando su madre comenzó a cantar de nuevo, Isaac condujo el cuchillo dentro de ella una y otra vez y otra vez...

SARAH DESPERTÓ, BUSCANDO AIRE, PIDIENDO AYUDA A gritos. Cayó a tropiezos fuera de la cama, se arrastró hasta el baño, tapando sus oídos, deseando que se detuviera. El canto. La canción tormentosa. La voz de su madre. *Por favor por favor por favor....* Su estómago se contrajo y se dejó caer de rodillas, jadeando. El canto ya no estaba en el sueño. Estaba en la casa. Por todas partes el canto, *porfavorporfavorparaparaparayotengolaalegríaalegríaalegría...* Sarah gritó, un aullido quejumbroso con aliento visceral. Dan llegó allí en un instante, la recogió en sus brazos.

'Oye oye oye oye... está bien, yo estoy aquí nena, estoy aquí...'

El canto se hizo más fuerte y Sarah no podía entender por qué Dan no estaba gritando para ser escuchado. Ella observó su boca moverse pero ella no podía oír nada por encima del ruido de la Madre cantando. Ella no entendía.

'¿No puedes oírlo? ¿No puedes oírlo?' Su voz era un grito desesperado de pánico. Dan frunció el ceño moviendo la cabeza.

'¿Qué?' Ella vio la boca de él en la de ella '¿oír qué?'

Entonces, de repente se detuvo. Sólo podía escuchar la respiración regular de él, los jadeos de pánico de ella, la lluvia incesante en el exterior. Los brazos de él se apretaron alrededor de ella.

'¿Puedo oír que, nena? ¿Qué?' Confusión. Ella *estaba* perdiendo la cabeza. Comenzó a llorar, con un llanto desconsolado de dolor, de desesperación. Él empezó a mecerla suavemente. Ella gritó para sí misma, apoyándose en la protección de los brazos de él, sus labios contra la sien de ella.

Sus lágrimas se sacudieron hasta detenerse. 'Lo siento...', susurró ella. Él limpió la humedad de sus mejillas. Ella encontró su mirada, vio algo en sus ojos que no pudo identificar. Él le sostuvo la mirada mientras bajó su cabeza y tapó su boca con la suya. Ella cerró los ojos mientras el beso se hizo más profundo. Sintió que la levantaba en sus brazos, la llevaba a la habitación.

Se sentía completamente fuera de ella. Por un breve momento, era Isaac tocándola, los mismos grandes ojos verdes, la sonrisa torcida. Sus largos dedos tirando suavemente de su ropa interior ahora, ella suspiró cuando sintió su boca en su garganta. Pasó sus dedos por el pelo de él. Pero no se sentía bien. Era recio, áspero. Ella abrió los ojos y una ola de terror se disparó a través de ella. El hombre encima de ella sonreía. Dan.

Ella entró en pánico. 'No. No. Detente, Dan, para.'

Ella trató de quitarlo de encima de ella, pero él le sujetó las manos por encima de su cabeza.

'Yo sé que me quieres, nena.'

Él aplastó sus labios contra los de ella, ella trató de mover la cabeza.

'Está bien, Sarah, está bien. Estoy aquí, Te amo. Esto está predestinado.'

Detén esto.

Pero ella no lo hizo. Ella dejó que él la desnudara poco a poco, con los ojos todavía cerrados, sintió su toque, las suaves yemas de sus dedos deslizándose gentilmente sobre la piel de su garganta. Ella sintió su peso mientras él se movía encima de ella. Tenía la boca en su oído.

'Eres tan hermosa...' Él besó la delicada piel bajo su oreja, con sus manos trazaba la curva de sus pechos. Su boca sobre la de ella, su lengua explorando.

'Abre los ojos', susurró y ella cumplió, viendo la intensidad, el feroz deseo en sus ojos. Dejó que sus manos se deslizaran sobre la espalda de él, sintió los sólidos músculos que ondulaban en sus brazos. Él sonrió.

'Te amo nena. Lo sabes, ¿verdad?'

Ella no le respondió, apenas consciente ahora. Él empujó sus piernas, separándolas, y la penetró; ella quedó sin aliento ante la brusquedad, la violencia de sus movimientos. Él tenía sus brazos a ambos lados de ella ahora, su rostro enfocado pero distante. Se dirigió a sí mismo dentro de ella, movimientos controlados, brutales, gimiendo en voz baja mientras se acercaba a su consumación. Su expresión era eufórica, de júbilo. Triunfante. Entonces le llegó de golpe, lo que ella estaba haciendo, lo que ella permitía, era cómplice.

Páralo. Por favor.

Pero ella no podía hablar, no podía decirle a él que se detuviera. Cuando él se vino, gruñendo y gritando su nombre una y otra vez, ella trató de sonreír, bajando la cara de él hacia su pecho para que ella no tuviera que esconder sus lágrimas. Ella esperó hasta que él se había alejado, cuando fue al baño, antes de dejar que sus lágrimas fluyeran, enterrando su cara en la almohada para hundirlas en ella. Cuando oyó la descarga del inodoro, el clic que apagaba la luz del baño, se volvió rápidamente sobre un lado y se hizo la dormida. Lo sintió meterse en la cama, él apretó su piel cálida y húmeda a la de ella. Deslizó su brazo alrededor de ella, acarició su vientre con su pulgar. Ella trató de hacer su respirar parejo.

'Te amo, Sarah, gracias por esta noche —susurró él y se rio en voz baja. Ella mantuvo la pretensión y pronto escuchó la respiración de él hacerse más suave. Cuando estuvo segura de que él estaba dormido, se deslizó en silencio de sus brazos, se echó encima su camisa de dormir, un suéter, y se deslizó en silencio por las escaleras. Agarró el celular de su bolso y se encerró en la despensa. Se metió en el rincón más oscuro y presionó el marcado rápido.

'¿Hola?' La voz de Molly sonaba dormida, algo molesta.

Sarah abrió la boca para hablar, pero en cambio las lágrimas llegaron de nuevo y ella sollozaba en silencio en el teléfono.

'¿Cariño?' La voz de Molly era más suave ahora, preocupada. 'Cariño, ¿estás bien?'

Sarah se recogió a sí misma. La despensa tenía una pequeña ventana, en lo alto, y afuera ella podía ver la luz de la luna creciente, distorsionada a través de la lluvia en el cristal.

'No', se las arregló finalmente, 'No. No estoy bien. He cometido un error, Molly. He cometido un terrible error y no sé qué hacer. Dios, Molly, ¿qué diablos le digo a Isaac?... ¿cómo diablos voy a decirle esto?... oh dios...'

Sus propias palabras la golpearon y se puso a llorar de nuevo mientras en el otro extremo de la línea, Molly frenéticamente llamaba su nombre.

FIN DE ME VOY MAÑANA

❀ Creado con Vellum